中国奇谭

太平广记

手绘图鉴

韩元/编著　畅小米/绘

万卷出版有限责任公司
VOLUMES PUBLISHING COMPANY

图书在版编目（CIP）数据

太平广记 / 韩元编著；畅小米绘. -- 沈阳：万卷

出版有限责任公司，2025. 1. -- ISBN 978-7-5470-6657-

7

Ⅰ . I242.1

中国国家版本馆CIP数据核字第2024BR1983号

出 品 人：王维良

出版发行：万卷出版有限责任公司

　　　　　（地址：沈阳市和平区十一纬路29号　邮编：110003）

印 刷 者：辽宁新华印务有限公司

经 销 者：全国新华书店

幅面尺寸：145mm×210mm

字 　 数：180千字

印 　 张：7.5

出版时间：2025年1月第1版

印刷时间：2025年1月第1次印刷

责任编辑：张洋洋

责任校对：张 莹

装帧设计：汤 宇

ISBN 978-7-5470-6657-7

定 　 价：68.00元

联系电话：024-23284090

传 　 真：024-23284448

序 言

  李昉等人编选的《太平广记》是宋代四大类书之一，全书共五百卷，分门别类地记载了古代的神话、传说以及历史、地理、生物、医药等知识。不过全书篇幅最大的部分仍然是小说，尤其是神怪类的故事占了相当大的比重，这也是本书编选最主要的选材来源。那么《太平广记》中的神怪题材故事究竟有哪些特色，又该如何去阅读呢？

  首先，从思想上看，《太平广记》中的鬼神都是人塑造的，因此故事中不可避免地反映了人世间的思想，写了很多人之常情的事。换句话说，这些鬼神都带有人类的影子。比如吃人嘴软，《沽酒王氏》中记载火神因为吃了王氏的酒饭，所以在人间放火的时候就对王氏网开一面；又比如权力买卖，《曲阿神》中记载一个盗贼跑到庙里，让庙神把他藏起来，许诺事后献上一头猪。官兵找不到盗贼，也向庙神许愿，说只要抓到人就献上一头牛，结果庙神把盗贼给出卖了。再比如拿钱办事，《郜澄》中记载了查验生死簿的小鬼站在判官身后，朝郜澄伸出五根手指，索要了五十万的贿赂。郜澄点头答应了，最后也如愿以偿回到阳间。这些故事初读之下觉得荒诞不经，但也部分地记录了人间的真实。

  其次，从性质上看，《太平广记》的很多故事虽然写的是鬼神之事，但它嘲笑的是人类，作者从头到尾是在讲笑话。如果读不出这一点，恐怕难以体会作者的本意，也会少很多乐趣。比如，《太阴夫人》写一个人为了追求仙女，坐着葫芦飞到天上，仙女好不容易把他召来，给了他三个选择，一是成为天仙，永远住在天上；二是成为地仙，可以偶尔到天上来；三是成为人间宰相。此人想了半天，最后仙女也不要了，说自己想要成为人间宰相，弄得仙女很是尴尬。作者费尽笔墨地说了一大圈，读者读得也很辛苦，也想一探究竟，结果"人间宰相"四字实在出乎意外！但仔细想想，又在情理之中。读者最后如果没有莞尔一笑，那可真是枉费了作者一片苦心。

再次，《太平广记》的故事繁多。有些作者意在表明其思想、才华，如《马举》《姚康成》等。有些甚至在传达科学思想，比如《洛西古墓》记载一座古墓废弃后，大雨将墓中的石灰溶解，形成了可以杀菌的石灰水，恰好一位路人在夏天时因疮病发作难以忍受，就跳到石灰水中洗了个澡，结果就把疮病治好了。人们越传越神，有病的没病的都来买水，古墓旁边的人嗅到了商机，趁机大卖石灰水，石灰水快卖完了又偷偷地从别的地方补水，后来有人说买的水不灵验了，这事也就结束了。为什么会不灵验呢？因为石灰被不断地稀释，最后自然也就没有了杀菌的效果。这件事记载在《抱朴子》中，作者"主治疮"三字其实就表明了其科学的态度。虽然这件事记载于鬼神丛生的书中，但它却是有科学精神的。所以说，既然《太平广记》的内容是丰富的，我们就不应该仅仅带着猎奇的心态去阅读，那样会丢失很多有趣的、有价值的东西。

最后，还有两点需要向读者交代。

一是本书的选材。按照丛书"中国奇谭"的主体编纂思路，本书在编选材料时割舍了一些离主题较远和思想较为陈旧的题材，前者如贡举、将帅、诙谐、嗤鄙等，后者如报应、感应、定数、面相等。最终按《太平广记》的大致顺序，编选了六个主题，分别是男仙女仙、道术异人、鬼神之事、草木精怪、幻术再生、狼妖狐魅。在编选之时，本书主要考虑了故事的奇特性和完整性。有些特别精彩的唐代传奇，如《任氏传》《莺莺传》《柳氏传》《南柯太守传》等并没有选入书中，一者是因为这些故事篇目太长，会明显影响本书选材的丰富性，二者是因为这些故事都已非常著名，完全可以脱离《太平广记》而独自流传了。

二是本书的翻译。按照丛书的统一要求，本书仅提供翻译之后的文字，读者如果对《太平广记》深感兴趣，可以自行阅读原文。本书在翻译时尽量做到与原文相对应，但考虑到古代汉语的原有特征以及丛书阅读群体的语言要求，在翻译时对个别字句进行了增删、调整和改动，以确保语言的通顺。本书故事的题目与原书保持一致，但在原题目之下加了一句概括故事大意的介绍语，以便于读者理解故事。

限于本人的学力和认知，书中的错误和不足都将不可避免，在此还希望得到读者朋友的理解与原谅。

二〇二四年六月　韩元
于海陵常见书斋

目录

序言

卷一　男仙女仙

陈安世	/ 002
皇初平	/ 005
赵瞿	/ 008
刘凭	/ 011
成仙公	/ 015

裴氏子	/ 019
冯大亮	/ 023
樊夫人	/ 026
白水素女	/ 031
太阴夫人	/ 034

卷二　道术异人

张山人	/ 040
陆生	/ 043
俞叟	/ 048
石旻	/ 051
周生	/ 054

罗思远 / 057

茅安道 / 059

吴堪 / 063

击竹子 / 067

卷三　鬼神之事

富阳人 / 070

阎庚 / 072

黎阳客 / 075

李氏 / 078

高励 / 080

李昷 / 082

李冰 / 083

沽酒王氏 / 086

曲阿神 / 089

崔敏壳 / 092

乔龟年 / 095

蔡荣 / 098

张助 / 100

洛西古墓 / 102

卷四　草木精怪

三朵瑞莲 / 106

紫花梨 / 107

飡茗获报 / 110

地下肉芝 / 112

食黄精 / 115

虢国夫人 / 118

李楚宾 / 122

河东街吏 / 125

姜修 / 128

姚康成 / 131

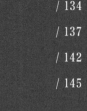

马举 / 134

窦不疑 / 137

蔡四 / 142

卢郁 / 145

卷五 幻术再生

客隐游 / 150

周眹奴 / 152

赵侯 / 154

天竺胡人 / 156

李俄 / 157

宋子贤 / 158

胡媚儿 / 160

中部民 / 164

画工 / 167

侯元 / 169

郑会 / 173

孔恪 / 176

郜澄 / 178

许琛 / 182

陈龟范 / 187

卷六 狼妖狐魅

冀州刺史子 / 190

王含 / 192

正平县村人 / 194

狼狈 / 196

狼冢 / 197

郑宏之 / 199

李元恭 / 203

唐参军 / 207

王生 / 209

裴少尹 / 213

张简栖 / 217

计真 / 221

姚坤 / 227

卷一

男仙女仙

陈安世

意念诚实才能得道成仙

　　陈安世家住京师附近，他在权叔本家里做佣工。他天性仁慈，行走遇到禽兽时，经常主动避开，不想惊吓它们。他从不踩在活虫子身上，也没有宰杀过动物。在他十三四岁的时候，权叔本忽然喜欢上了道术，想变为神仙。这时有两个仙人假托成书生，跟权叔本一起游玩，以此来观察他的诚意。但权叔本没有觉察到他们是仙人，久而久之，内心就变得怠慢了起来。一天，权叔本在屋内制作美食，二位仙人再一次来到门前拜访，问陈安世："权叔本在家吗？"陈安世说："在家。"然后到房内告诉权叔本。权叔本刚要出去迎接，他的妻子把他拉了回来，阻止了他，说："他们这些饥饿的书生，不过是想要填饱肚子罢了。"于是权叔本又叫陈安世出去回复："就说我不在。"二位仙人说："刚才说在家，这会儿又说不在，为什么？"陈安世回答道："家里主人叫我这样说的。"二人对他的诚实表示满意，相互说道："权叔本一心向道，勤苦多年，现在恰好碰到我们两人，但竟然如此懈怠，在快要成功的时候失败了，这是他机遇不好啊。"于是又问陈安世："你喜欢道术吗？"陈安世答道："喜欢，但我没有途径了解它。"二人说："如果你真的喜欢道术，明天早上我们在路北边的大树下会合。"

　　陈安世答应了，早早地来到了约定的地方，但直到夕阳西下，

也没见到一个人，于是气愤得起身就要走："一定是书生欺骗了我！"其实，二人已经在大树旁边，见陈安世要走，忙呼喊道："陈安世，你怎么来这么晚？"陈安世回答道："我早就来了，只是没看到你们。"二人说："我就在你身边端正地坐着啊。"之后二人又频繁地和陈安世约定了多次，陈安世每次都早早地到达。二位仙人知道他孺子可教，就给了陈安世两颗药丸，并告诫他说："你回去后，不要再吃东西，另外找一处地方安歇。"陈安世谨守告诫，二位仙人也经常到他住处去。权叔本感到很奇怪，陈安世一个人住在空空的房子里，怎么会有人说话呢？等他去看的时候，又什么都没发现。权叔本问道："刚才听到有很多人在说话，现在一个人也看不到，这是为什么？"陈安世回答道："是我在自言自语。"权叔本看到陈安世不再吃东西，只是喝水，又搬到了其他地方住，怀疑他不是常人，这才知道了自己对仙人失于礼遇的事，于是感叹道："道德上的尊贵与否，不在于年龄的大小。虽然是父母生了我，但如果没有仙师，就没有办法使我成仙，在我之前得道的人就是我的老师了。"于是对陈安世行弟子礼，早晚向他揖拜，侍奉前后，为他洒水扫地。后来陈安世得道了，在大白天上升到了天空中。临走的时候，陈安世就把道术传授给了权叔本，权叔本后来也得道成仙了。

皇初平

白石变成了白羊

皇初平是丹溪人，在他十五岁的时候，家里人让他去放羊。有位道士觉得他善良恭谨，就把他带到了金华山的石屋里，过了四十多年，他也不再想家了。他的哥哥皇初起，到山里面去找他，很多年都没有找到。有一次，皇初起在集市中看到一位道士，便把他喊过来，问道："我有个弟弟叫皇初平，我让他去放羊，后来再也没见过他，已经走丢了四十多年，不知道他的生死，也不知道他在哪里，希望道君您替我占卜一下。"道士说："金华山中有一个放羊的小儿，姓皇，字初平，他就是你的弟弟，不会错的。"皇初起听后，随即跟着道士一同前去，果然找到了他的弟弟，兄弟二人相见之后悲喜交加。交谈过后，皇初起问当初的羊在哪里，皇初平回答道："就在附近的东山上。"皇初起到那儿去看了一下，结果没发现羊，只看到了白色的石头，于是就回来了，对皇初平说："东边的山上没有羊啊。"皇初平说："羊确实是在那里的，只是哥哥你看不见罢了。"皇初平于是和他的哥哥一同前去查看，皇初平呵斥道："羊儿起来！"于是白色的石头全都变成了羊，有好几万头。皇初起说："弟弟你竟获得了如此的仙道，我可以学学吗？"皇初平说："只要你爱好仙道，就可以获得它。"皇初起便抛弃了妻子儿女，留下来住在这里，向皇初平学习仙道，一起服食松脂和茯苓。五百年之后，皇初起能

够在坐着的时候立刻消失，在白日下行走没有影子，面貌也如童子一样年轻。之后两人一起回到家乡，亲戚和族人已经死亡殆尽，于是两人又回到了金华山。皇初平把他的字改成了赤松子，皇初起把他的字改成了鲁班。之后，服食这种药物而得道成仙的人有几十个。

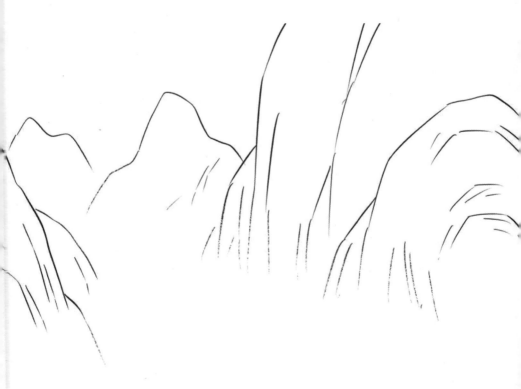

赵瞿

病后成仙

　　赵瞿，字子荣，上党人。有一天他得了一种癞病，病情严重的时候都快要死了。有人对他的家人说："应当在他还活着的时候把他抛弃掉，如果死在家里，世世代代的子孙就会相互伤害。"家人为他准备了一年的口粮，把他送到山中的石屋里，又害怕虎狼伤害到他，于是在外面修建了一个栅栏。赵瞿非常悲伤，也恨自己得了这种病，白天夜里都在哭泣。就像这样过了一百多天，有一天他忽然看见石屋前有三个人，他们问赵瞿是哪里人。赵瞿心里想，深山老林之中并不是常人行走的地方，他们一定是仙人。于是自说家世，向仙人叩头苦苦哀求。这些仙人在栅栏中行走，就像云气飘过，一点都没有妨碍。他们问赵瞿："如果一定想让癞病痊愈，就要吃药，你能做到吗？"赵瞿说："我因为罪过太多，得了如此恶疾，已经被家人抛弃了，命在旦夕。就算是砍下脚趾、割下鼻子，只要能使我活下来，我都愿意，更何况只是吃药，这有什么不能的呢？"仙人于是把松子、松柏脂各五升赐给了赵瞿，并告诉他："这个不但可以治好你的病，还可以让你长生不老。药吃到一半病就可以好，但是病好了之后不要停止服用。"

　　赵瞿还没有把药吃完，病就好了，感觉到身体强健的时候就迫不及待地回家了，家人以为他是鬼。赵瞿把前因后果说了一遍，家人才欢喜起来。赵瞿又把这药吃了两年，面容变得年轻起来，

皮肤也有了光泽，行走快如飞鸟。赵瞿七十多岁的时候，吃野鸡、兔子，都能嚼碎它们的骨头，能够背起很重的东西，一点也感觉不到疲劳。在他一百七十岁的时候，有天夜里躺在床上睡觉，忽然看到屋子里有一道光，亮如明镜，他问左右的人，大家都说没看见。又过了一天，屋子里全都亮了起来，在黑夜里亮到能够写字。赵瞿又看到自己脸上有两个人，大约三尺来高，她们都是美女，面容非常端正，只是身材矮小，在他的鼻子上嬉戏。这种情况一直持续了很久，后来两个女子慢慢长大了，到了和正常人一样的时候，就不在他的脸上了，而是来到了他的面前。此后赵瞿经常能够听到琴瑟的声音，感到很开心。赵瞿在人间生活了三百多年，面容却像童子一样，后来到了山里，不知所终。

刘凭

　　刘凭是沛县人，因为有军功，被封为寿光金乡侯。他跟从稷丘子学道，经常服食石桂英以及中岳的石硫黄，三百多岁的时候还有少年时的容貌，尤其擅长闭气。他有一次来到长安，众多商人听说他有道术，就纷纷去拜见他，乞求能够服侍于左右，并请求得到其保佑。刘凭说："可以啊。"于是有一百多人跟着刘凭四处游历，其中有人还带了一些杂货，价值大约万金。结果在山中碰到了几百个盗贼，这些盗贼抽出刀刃，拉开弓箭，将他们四面包围了起来。刘凭跟盗贼说："你们这些家伙在做平民百姓的时候，应当心存善念。如果不能够展示你们的才华，布施你们的恩德，以此来做官享有俸禄的话，就应当通过辛勤劳动来获得收入。怎么能够如此不知羞耻，心如豺狼呢？你们相互传授盗贼之术，危害别人而让自己获得好处，这是让自己的尸体躺在闹市中，让自己的肉体被乌鸢啄食啊！你们的这些弓箭又有什么用呢？"随后盗贼向众多商客射箭，箭都反过来射在了盗贼身上。片刻之间，大风吹折了树木，飞沙扬尘。刘凭大喊道："你们这些小辈胆敢如此，天兵会从你们脑袋开始刺杀你们当中最先起意打劫的人。"刘凭的话刚说完，众多盗贼一时间全部倒在地上，双手背在后背上不能动弹，张开嘴巴急促呼吸，都快要窒息而死了。其中的三个贼首，鼻腔出血，头颅裂开而死。剩下的盗贼中，有的还能说话："求求您放过我吧，我以后肯定弃恶从善。"此时，商人中有人想将这些盗贼都杀了，刘凭没有答应，开始责备盗贼："本来打算把你们都杀光，但还是心有不忍。现在我放了你们，你们还敢做盗贼吗？"盗贼们都在大声求饶，说道："我们现在就金盆洗手，再也不敢这样了。"于是刘凭放了他们，盗贼这才四处奔走逃散。

曾经有一个人的妻子因邪魅缠身生了病，很多年都没有治愈。刘凭于是动用了灵符，之后，这个人住宅旁边的泉水就自然干涸了，里面有一条枯死的蛟龙，原来是蛟龙在作怪。之前一座古庙旁边有一棵树，树上经常有光亮。要是有人停在这棵树下，往往会得暴病而死，连飞禽走兽都不敢在树枝上做巢安家。刘凭动用灵符之后，在盛夏之时这棵树就枯死了，有一条大蛇长七八丈，悬挂在树上死掉了，之后就再也没有人遭受祸害了。刘凭的姑姑有个儿子，与别人争夺田地，双方都在太守的旁边哭诉。刘凭的侄子没有帮手，而他的敌人有很多亲戚帮忙，替他说话的就有四五十人。刘凭反复思考这件事，突然大怒道："你们胆敢如此！"话刚落音就听见雷电霹雳，看到红光照满了屋子。于是敌人的帮凶瞬间就倒在了地上，没有了意识。太守非常害怕，为此跪下道歉，说道："希望您稍加宽恕，收一收您的威力，我会处理好这件事，保证不出现差错。"直到太阳升起了好几丈高，这些恶人才逐渐恢复意识从地上爬了起来。

汉武帝听说此事之后，下诏将刘凭征入朝中，想试一试他的道术，说道："宫殿下面有怪物，动辄有几十人穿着红色的衣服，披头散发，手持蜡烛，骑着马走来走去。你的法术能奏效吗？"刘凭说："这些都是小鬼罢了。"到了夜晚，汉武帝令人假扮小鬼。

刘凭在宫殿上将符咒扔了下来，假扮的小鬼一个个倒下，脸部朝下倒在地上。刘凭将口中的火向他们喷出之时，这些小鬼都已经没有了气息。武帝大为吃惊，说道："这些人不是鬼，是我用来试探你的。"于是刘凭又将法术一一化解。

后来刘凭进入太白山，几十年后又回到家里，面容变得更加年轻。

成仙公

懂鸟语的神仙

　　成仙公这个人，名叫武丁，是桂阳临武县乌里人。相传后汉时期，他年仅十三岁，身高就达到了七尺，是县衙里的一个小吏。他有特异的天资，说话很少但有大的度量，不依附于他人，人们都说他是白痴。他小的时候就懂得艰深的经学，但没有老师传授于他，全凭自然的天性学习罢了。当时他被派遣到京师，在回程路过长沙郡的时候，没赶上投宿的旅舍，于是就临时在野外的一棵大树下休息，忽然听到树上有人说话："你到长沙去买药。"早上一看，原来是两只白鹤，成仙公感到很奇怪，于是就到了集市上，看见有两个人打着白伞，前后相从而行。成仙公喊他们过来，为他们准备食物。两人吃完就走，都没有表示感谢。成仙公感到怪异就跟随这两个人走了几里路，二人回头看见了他，说道："你一直跟着我们，是有什么请求吗？"成仙公说："我从小出身低贱，听说你们有救济生灵的仙术，所以我愿意服侍左右。"二人相视而笑，于是拿出玉制的匣子，看了看里面的素书，果然有"武丁"这个名字，于是就给了他两丸药让他吃下，并对成仙公说："你应当会成为地仙。"于是就让他回了家。

　　此时成仙公能够洞察万物，禽兽和鸟的叫声他都能知道是什么意思。成仙公到家之后，县里让他把东西送到太守那儿。太守叫周昕，非常赏识人才。看见成仙公之后，把他喊了过来，问道：

"你叫什么名字啊？"成仙公回答道："我姓成，名叫武丁，是县里的小吏。"太守认为他有异于常人的长处，就把他留在了自己身边使唤。过了一段时间，给他安排了文学主簿这个职位。有一次成仙公和众人坐在一起，听到很多鸟雀的叫声后笑了起来，众人问他为何发笑，他回答："集市的东边有车子翻了，米倒了出来，这些鸟雀相互召唤去吃米呢。"太守派人去看，果然如此。

当时州郡里那些身为豪门大族的僚属都在责怪太守，认为不应该提拔寒门小族的人，以致混乱了职位。太守说："你们不知晓真实的情况。"又过了一月，太守说："现在提拔你到厅阁值班。"到了年初大聚会的时候，有三百多人，太守让成仙公逐一劝酒。酒过一巡，成仙公突然端着杯子朝东南方喷了一口酒，众多客人都感到很惊讶。太守说："他这么做一定是有原因的。"就问他为什么这样做，成仙公说："临武县有火灾，我用这个来救火。"众人都在笑话他。第二天有官吏抓住这一点，认为成仙公的行为属于大不敬。于是太守派人到临武县查看情况，县里人张济上书，声称："元日大家聚集饮酒，下午三五点钟的时候，厅堂上忽然起火，火是从西北方向烧起来的，当时天气澄清，南风很大。突然看见一阵云从西北角直上天空，直接飘到临武县，很快下了大雨，火就被浇灭了，雨水中还能够闻到酒气。"众人既怀疑又惊讶，这才知道成仙公并非凡人。

后来太守让成仙公到郡城的西边找个地方，盖一处住宅，让他就住在那里。成仙公的家里有母亲、一个小弟和两个小孩儿。等过了两年，成仙公因病辞职，在家住了四个晚上就死了，太守亲自前去吊唁。过了两天，死者亲属还没有穿上丧服，成仙公的朋友从临武县来，在武昌冈上面，碰到成仙公骑着白色的骡子往西走。朋友问他："天快黑了，你要到哪里去？"成仙公答道："我暂时到迷溪去，很快就回来。我刚才临走的时候把大刀忘在门边了，鞋子在鸡栅上，你可以在路过的时候告诉我的家人把它们收起来。"朋友来到他家的时候，听到哭丧之声，大惊道："我刚才还在武昌冈碰到了他，还和他交谈，他说暂时要到迷溪去，很快就会回来，还让我路过你家的时候，让你们把他的刀和鞋子收好，你们为何是这般模样？"成仙公的家人说："刀和鞋子都收到棺材中了，怎么可能还在外面呢？"随即将此事禀报了太守。太守遵守成仙公的命令，将棺材打开查看，发现尸体已经不见了，棺材中只有一根青竹杖，大约七尺长。人们这才意识到成仙公化成了竹杖的形状，已经成仙而去了。当时的人因为成仙公乘坐白骡的地点是武昌冈，于是就将其改为骡冈，冈子在郡城西边十里处。

裴氏子

太白山的仙人洞

　　唐代开元年间，长安城有个姓裴的人，在延平门的外庄居住，兄弟三人都没有做官，因为仁义而闻名乡里，虽然裴氏家境贫穷，但他喜欢施舍别人。经常有一位老人到他那乞求喝的，老人穿的衣服和面部颜色都与常人稍有不同。裴氏对待他特别恭谨，问他从事什么职业。老人说："我以卖药为业。"裴氏又询问老人的亲族，老人说："这个就不必谈论了。"于是老人经常往来于此，并住在了裴氏家里，过了很多年裴氏也没有怠慢他。一天，老人对裴氏说："我看你们兄弟都非常贫穷，但能够以谦恭的态度对待客人而不感到厌倦。你实在是温厚的长者，能如此积德，必定有大的福报。我也得到了你丰厚的招待，如今要为你带来些许的财物，作为你们今后几年的储备。"裴氏恭敬地表达了谢意。老人于是让裴氏找来几斤木炭，在地上挖个坑支起炉灶，把炭火烧旺。过了一会儿又让裴氏去找几枚像手指大小的砖瓦块儿，将其放在炉中燃烧，片刻之间砖瓦块儿全都变红了。老人从杯子里取了一点药放在炉火中，炉中升起了紫烟。一顿饭的工夫砖瓦块儿就变成了黄金，大概有一百两重。老人将其送给裴氏，对他说道："这种黄金的价格比普通的要贵上一倍，大约相当于你家三年的积蓄。我现在要离开了，等这些钱花完的时候我会再回来的。"裴氏兄弟对老人更加恭敬了，并对老人行揖拜之礼。裴氏问老人

的家住在哪里，老人说："以后会让你们看到的。"于是和裴氏兄弟告别离开了。

裴氏兄弟便将黄金卖掉，购买粮食囤积起来。第二年遇到旱涝灾害的时候，只有他们兄弟免于灾难。又过了三年，老人回来了，又冶炼黄金送给他们。裴氏兄弟中有一人想要跟从老人学习这种法术，老人于是就把他带走了，向西走了几里之后，来到太白山西边的岩壁下。在那里有一块大磐石，左边有一面石壁。老人用手杖在石壁上敲了敲，过了一会儿石门就打开了，里面竟然别有洞天。有道士和小童子前来迎接，老人便引导裴氏进入仙洞。刚开始觉得一片漆黑，然后逐渐变得明朗起来，这才看到有城郭，有居民，里面还有宫阙殿堂，就好比是俗世间的道观。其中的道士、玉童、仙女不计其数，有人前来引导裴氏进入，并举行了盛大的音乐歌舞表演。有些道士在那里下棋弹琴，或是讲论道法。老人引裴氏前来礼拜，并对众人说："这位是城中的主人。"于是留裴氏住了一晚，吃的是胡麻饭、麒麟脯和仙酒。裴氏说他要回家了，与众人道别，老人再次将他送回洞口，赠送了黄金珠宝才让他走，并对裴氏说："你现在还不能在这里久住，暂且回去吧。二十年之后，天下当大乱。这里是太白山左掩洞，到那个时候，你可以再次来到这里，我会迎接你。"裴氏拜别而去。等到安史之乱的时候，裴氏全家归隐而去，在洞中隐居了几年。他们在仙境中居住，全都学习了道术。叛乱平定后再次出来，兄弟数人都做了大官。众兄弟之中，有一家心地善良却生活贫贱，但他们也得到了长寿的福报。

冯大亮

不吃不喝的拉磨牛

　　冯大亮是导江人氏，家中贫困，喜欢道术，可他没有修行道术的途径。每当有道士、懂方术的人从他家门前走过，冯氏一定倾力招待。冯氏的家中只有一头牛拉磨，以此来自食其力。有一天牛死了，妻子对着他哭泣，感叹道："衣食花销全靠这头牛，牛已经死了，用什么来养家糊口呢？"慈母山有位道士，每次路过冯家的时候，就会在此歇息几天。这个时候道士再一次来到他家里，夫妇二人将此事告诉了他。道士说："牛的皮和角还在吗？"二人回答道："还在。"道士于是将牛皮连缀成牛的形状，砍下木头做成牛脚，用绳子系在牛的嘴巴上，加以驱赶，牛就站起来了，和往常一样肥健。道士说："这头牛不再需要吃喝，只要昼夜不停地使唤它就可以了，千万不要把牛嘴上的绳子解开。你用这头牛来拉磨，效果是平常的两倍。"之后，道士就不再来冯氏家里了。几年后遇到了盛暑天气，牛的喘气声音非常粗，牧童觉得牛很可怜，就把它口上的绳子解开了，瞬间牛就变成了一堆皮骨。

　　此时冯氏的家境也已经富裕了起来，就将之前的磨坊改成了酒店。冯氏时常尊奉道法，祈求以此感遇仙人，又竭尽全力救济世人，喜好宾客。有三五个卖柴的老头儿，到他家里去喝酒，经常不提钱的事，冯氏每次都礼貌地接待他们，这样的事情有很多，冯氏反而更加恭敬。其中有一人忽然说："我们一伙八个人，明

天都会过来，一醉方休，你不要因为人多而感到惊讶。"到时间后，八个卖柴的老头儿都来了，有一位客人从袖子中拿出一枝楠木，只有五六寸长，将它栽在庭院中，众人便喝酒欢笑而去，临走时说："劳烦你安排美酒，没有什么可以回报的。当这棵树的直径长到一尺的时候，你就会获得百万家财。这个时候可将其贡献给天子，你就名垂国史了。十年之后，我们在岷岭的巨人宫相见，我会把飞仙的法术传授给你。"说完就离开了。只见旬日之间，这棵树的树干就已经直上云霄，有十多丈那么高，直径已有一尺那么粗了。黄金美玉自动来到冯氏家里，宝贵的货物自动汇集在一起，冯氏的家境更加地殷实富贵。即便是王孙、糜竺这样的富人也无法与之相比。五年之后，唐玄宗因安史之乱逃往蜀地，冯大亮贡献了家产三十万贯，以资助国家的用度。

樊夫人

夫妻日常大斗法

樊夫人是刘纲的妻子。刘纲在上虞县做县令，会法术，能够用檄书召集鬼神，可以让事情禁止和变化，同时暗自修行并且秘密地验证这些法术，人们都不知道这件事。刘纲在治理上虞县时崇尚清静简易，政令非常流畅，人民都受到恩惠，没有水旱、瘟疫等灾虐，每一年都大丰收。

刘纲在闲暇的时候，经常与其夫人较量法术的高低。二人都坐在堂上，刘纲使舂米的作坊着起火来，火从东边升起，樊夫人刚发出禁令，火就灭了。庭院中有两棵桃树，夫妻各选一棵念咒语，让桃树相互打起来。过了很久，刘纲念咒语的这棵树败下阵来，多次逃到篱笆外面。刘纲在盘子上吐了一口唾沫，立刻就变成了鲤鱼。樊夫人在盘子上吐口唾沫随即变成了獭，獭把鱼吃掉了。刘纲和夫人进入四明山，路上被老虎拦住去路，刘纲把老虎定住，老虎趴在地上不敢动，但二人刚要离开，老虎就想吃掉他们。樊夫人直接走到老虎跟前，老虎随即面向地面，不敢仰视，樊夫人于是用绳子把老虎拴在树下面。刘纲每次尝试他的法术，都不能胜过他的妻子。将要升天的时候，县厅的旁边有一棵大皂荚树，刘纲需要爬到树上好几丈高的时候才能飞升，而樊夫人只是端坐在地上，就能像云气一样冉冉升起，两人共同升天而去。

后来到了唐代贞元年间，湘潭之地有一个老婆婆，不知道她

的姓名，只是称她为"湘媪"，老婆婆经常住在别人家里，有十多年了。她经常用丹砂书写的篆文为乡亲们治病，没有不灵验的。乡人们敬爱她，打算为她修建几间华丽的房屋来侍奉她，老婆婆说："不要这样，只需要用土木简单地搭建一下就可以了，这才符合我的心意。"老婆婆的头发像云彩一样翠绿，身体肥胖，洁白如雪，拿着手杖，穿着布鞋，每天可以行走几百里。有天忽然遇到一户人家的女子，名叫逍遥，十六岁的年纪，美貌艳丽，带着竹筐采摘菊花。看到老婆婆瞪着她，不觉之间，逍遥的脚步就无法移动了。老婆婆说："你这是敬爱于我呀，能够和我一起回到我的住所吗？"逍遥高兴地把竹筐扔掉了，跟从老婆婆回到住所。逍遥的父母一路奔跑追来，用木杖击打她，呵斥她回到家中。逍遥潜心学道的意愿更加强烈，偷偷地拿出绳索要自缢，亲友乡党都劝其父母，让她走了算了。她的父母也觉得留不住她，就放她走了。

　　逍遥再一次来到老婆婆身边，每天的生活只是扫地、换水、焚香，读一些道书罢了。过了一个多月之后，老婆婆对乡人说："我要暂时到罗浮去，我把房屋锁起来，你们千万不要打开它。"

乡人问逍遥到哪里去，老婆婆回答道："一同前往。"就这样过了三年，人们只是在户外窥视，看到台阶前已经生长了一丛丛的小松树，还有竹笋。到老婆婆回来的时候，召集乡人一同把锁打开，看到逍遥憻然地坐在房屋内，容貌和平常一样，只有蒲席和鞋子被竹梢串在了房梁上。老婆婆于是用手杖敲击地面，说："我回来了，你可以醒过来了。"逍遥如梦初醒，刚要起来对老婆婆行揖拜之礼，忽然发现左脚掉了，就像受到刑罚被砍掉的一样。老婆婆立刻让她不要动，把掉在地上的脚捡起来，又查看了膝盖的位置，朝上面喷了一口水，逍遥的左脚就像平常一样了。乡人大吃一惊，像敬神一样去敬奉她，方圆几百里的人都前来归附。

老婆婆的神态十分安闲，不喜欢跟人多结识。有一天忽然对乡人说："我要到洞庭湖拯救数百人的性命，谁能有心为我做一条小船呢？过一两天可以同去观看。"有一个叫张拱的乡人家里很富裕，老婆婆便请求让他自己准备小船，并且亲自驾船相送。快要到洞庭湖的前一天，遇到了大风浪，风浪挤压着一艘大船，船碰撞到君山岛，碎掉了，沉入水中。船上载着几十户人家，有一百多人，人没有受到伤害，但也没有船来营救他们，人们各自

散居到岛上。忽然有一只大白鼋，有一丈多长，游到沙上休息。有几十个人把鼋拦住打死了，把鼋肉分吃了。第二天，看到一座雪白的城池围绕在岛上，但不能分辨雪城上的人家。雪城变得越来越狭窄，把君山岛紧紧束缚起来。岛上的人慌乱呼号，行李都被压得粉碎。雪城不断地向前挤压，把人们一簇簇地束缚起来。雪城的宽度不过三丈左右，又不能够攀爬上去，形势已经非常危急。岳阳城里的人也能够看到，但不知道是怎么回事。这时老婆婆的船已经到了岸边，老婆婆登上君山岛，手里拿着剑，按照天上星辰的轨迹行走，喷了一口水，飞剑向雪城刺去，雪城随即崩塌，声如霹雳，原来是一只大白鼋，有十多丈长，向前蜿蜒爬行而死，剑就插在白鼋的胸口。老婆婆于是拯救了一百多人的性命，不然的话，顷刻之间，这些人就会被挤压得血肉模糊。岛上的人感动哭号，行礼致谢。

老婆婆让张拱驾船回到湘潭，张拱不愿立刻离开。此时忽然有位道士和老婆婆相遇，说道："樊夫人，这么长时间你到哪儿去了？"两人相见，都非常高兴。张拱问是怎么回事，道士说："这是刘纲的妻子，是樊夫人。"后人才知道老婆婆就是樊夫人。张拱于是回到湘潭。后来老婆婆和逍遥一同返归真境。

白水素女

美丽的海螺姑娘

谢端，是晋安的侯官县人，年少的时候失去了父母，也没有亲属，是邻居把他养大的。到十七八岁的时候，他已经是一个恭谨有操守的人，不去做非法的事情，此时他便从邻居家搬出来住。当时谢端尚未娶妻，乡里人都很怜悯他，商量为他娶妻，但未能成功。谢端晚上才回来休息，早上很早就起床了，非常勤劳地工作，不分昼夜。之后在县邑得到了一个大海螺，像一个三升的水壶。谢端认为这是一个奇异之物，就带了回来，把它贮存在大瓮中。有十多天，谢端早上到田野劳作，回来的时候，看到家里准备好了饭菜和热水，好像有人来过一样，谢端原以为是邻居惠赠的。连续好多天都是这样，谢端便去感谢他的邻居们。邻居们都说："我们根本没有做过这件事，为什么要来感谢呢？"谢端又认为这是邻居没有理解自己的真诚谢意，但这种情况总是发生。后来谢端就决定去问个清楚，邻居们笑着说："你自己娶了妻子，把她藏

在房屋中，让她给你做饭，反而说是我们替你做饭。"谢端没有说话，心里很疑惑，但又不知道为什么会这样。后来他在鸡叫的时候外出，一大早就偷偷地回来了，在篱笆外偷偷地望向家里，发现一个少女从大瓮中走出来，到灶台下生火。谢端便走进门来，直接到大瓮旁边查看海螺，但只看到一个大空壳，于是又到灶台下询问道："姑娘你是从哪里来的？你为什么要为我做饭？"女子非常害怕，想回到大瓮中，但已经来不及了，于是回答道："我是银河中的白水素女，天帝哀怜你是个孤儿，为人处世恭敬谨慎，有所操守，因此让我暂时住在你家，为你做饭。等到十年之间你变得富裕，娶到妻子之后，我就该回去了。而你无缘无故偷偷地查看，我的原形已经暴露，不宜在此停留，要离你而去了。即便你以后的情况稍微差一些，但只要你勤于耕作，打鱼砍柴也能过得下去。我把海螺的壳留在这里，你用它来贮存稻米和五谷，就不会有缺乏。"谢端想把她留下来，仙女始终不肯。此时狂风暴雨，仙女忽然飞去。谢端为仙女竖立神位，按时节进行祭祀，他生活富足，只是达不到大富的程度。后来乡里人把女儿嫁给了谢端，谢端的官也做到了县令。

太阴夫人

坐着葫芦飞上天

卢杞在年少的时候，在洛阳过着穷苦的生活，他在废弃的宅子里租房度日，邻居有一个姓麻的老婆婆孤独地住在这里。卢杞染上了暴疾，躺了一个多月，麻婆婆来为他做汤做粥。卢杞病好了以后，晚间从外面回来，看到牛犊拉着一辆用黄金打造的车子停在麻婆婆门外。卢杞感到非常奇怪，偷偷前去观察，发现一个十四五岁的女孩儿，长得像仙女一样。第二天卢杞便去偷偷地访问麻婆婆，麻婆婆说："你到我这来，莫不是想要和这个女孩儿成亲吧？我尝试着和她商量一下。"卢杞说："我家境贫贱，怎敢有如此想法！"麻婆婆说："又有什么关系呢？"到了晚上，麻婆婆说："事情成功了。请你斋戒三天，到城东边废弃的寺观里和她相会。"

卢杞来到寺观的时候，看到一片古树和荒草，很久都没有人居住了。过了一会儿，雷鸣电闪，暴雨如注，突然出现一座楼台，金殿辉煌，玉帐临风，景观特别华丽，有一辆带有帘子的马车从天而降，车里面就是先前的那个女子。女子和卢杞见面的时候说："我是天上的人，奉上帝的命令，被派遣到人间自主寻找配偶。你有成仙的骨相，所以派麻婆婆传达意旨。你再斋戒七天，到时我再来见你。"女子将麻婆婆喊过来，给了她两丸药。突然又是雷电大作，黑云密布，女子已经不见了，眼前依旧是一片枯树荒草。

麻婆婆与卢杞回去后，斋戒了七天，就挖了个坑将药丸种了下去，药丸刚种下就长出了藤蔓。没过多久，藤蔓上就结出了两个葫芦，葫芦逐渐变得像两斛容量的瓮那样大。麻婆婆用刀将葫芦的中间剜去，和卢杞各自住在一个葫芦里，麻婆婆又让准备三件油制的衣衫。此时突然风雷大作，二人飞腾到了天上，耳朵里只听见波涛的声音。过了很久，又觉得寒冷，麻婆婆让穿上油衫，此时就像在冰雪中一样，过了一会儿又让把三件油衫都穿上，此时二人才感到非常暖和。麻婆婆说："现在离洛阳已经有八万里了。"很久之后，葫芦停了下来，二人便看见宫阙和楼台，全都是用水晶做的围墙，身穿铁甲、手拿戈矛的卫兵就有好几百个。麻婆婆引导卢杞进入宫里，紫殿中有一百位侍女，让卢杞坐下，并置办了酒肴，麻婆婆恭敬地站立在众多卫兵之下。仙女对卢杞说："我可以实现你的一个心愿，你任取其一：一是留在这里，寿命和天地一样；二是做地仙，经常住在人间，也可以偶尔到这里来；最下等的是在人间做宰相。"卢杞说："住在这里才是上等的愿望。"女子高兴地说："这是水晶宫，我是太阴夫人，我成仙的等级已经很高了。你仅仅是白日升天的这一类，但这个已经确定了，不能改变，改变的话恐怕会连累到你。"于是将情况写在青纸上，呈递天庭，说："必须要让天帝知道此事。"

　　过了一会儿，听到东北方有声音传来，说："天帝的使者来了。"太阴夫人和众多仙人降阶趋拜。须臾之间，便有仪仗队，引导红衣少年站立在台阶下。红衣少年宣读天帝的命令，说："卢杞，天帝得到太阴夫人的陈状，想让你住在水晶宫，怎么样？"卢杞没有说话，太阴夫人让他尽快回答，卢杞又没有说话。太阴夫人和左右随从都很害怕，赶快到屋里取出五匹鲛绡来贿赂使者，

想让使者把此事缓一缓。过了一顿饭工夫，红衣使者又问道："卢
杞，你是想住在水晶宫，还是想做地仙，或是想做人间宰相？这
次你必须做出决定。"卢杞说："我想做人间宰相。"红衣少年
急趋而去。太阴夫人面容失色，说："这是麻婆婆的过错，赶快
把他领回去吧！"麻婆婆于是将卢杞推到葫芦里，随后又听到了
风声水声，卢杞又回到之前住的地方，坐榻上的灰尘还像以前一
样。此时夜已过半，葫芦和麻婆婆都不见了。

卷二

道术异人

张山人

神奇的隐身术

　　唐代时曹王被贬到衡州，当时有位张山人，是一位懂得方技法术的人。曹王曾经外出打猎，有次遇到了一群鹿，有十几头。鹿群已经被围困了，众人都觉得必定能够擒获，不知为何鹿又失踪了，不知道跑哪儿去了，曹王于是将张山人喊来询问。张山人说："这是懂法术的人把它们隐藏起来了。"于是找来一些水，用刀和热水施展禁锢之术。过了一会儿，众人在水中看见一个道士，只有一寸那么高，背着衣囊挂着拐杖，步履蹒跚地往前走。众人都上前围观，没有一个没看到的。张山人于是拿出布袋上的针，往水中刺了一下道士的左脚，于是就看到这个道士跛了脚往前走。张山人便告诉众人说："最多十几里路，就能追上这个人。"曹王于是命令众人向北追去，走了十多里路，果然看到一个跛了脚的道士在行走，和在水中看到的道士形体外貌相同，于是众人以曹王之命邀他前来。道士笑着走了过来，张山人对曹王说："不可以怒气冲冲地责备他，只要以礼相待，请求其归还就可以了。"道士来到跟前，曹王问他鹿在哪里。道士回答道："鹿还在。刚才我看这些鹿无缘无故地就要死了，因此心生哀怜，就将其禁锢隐身了，我也不敢将它们放逐，如今就在山的那一边。"曹王派遣左右的人去查看，这些鹿一动不动地隐伏在小山坡上。曹王问他跛脚的原因，道士回答说："走了几里路，突然就跛了脚。"

曹王将张山人喊来与其相见，原来两人是旧相识，道士跛了的脚很快也恢复了，原来道士是郴州连山道观的侯生，曹王随即就放他回去了。

过了没多久，有一个人路过郴州时寄宿在连山观，将马拴在道观的门前，结果马粪将门前弄得一片狼藉，观主见到后责备了他，客人也很生气，大骂了道士之后扬长而去。还没过去十天，这个人遇到了张山人，张山人对他说："你马上就有大灾祸，大概是你触犯了谁。"客人随即告知前几天和道士争执对骂的缘由，张山人说："这个人是异人，将为你带来祸端，你赶快前去道歉，不然的话，你的祸灾是脱不掉的。这是震卦的厄运，你今晚住下来的时候，要截一段柏木，长度和身高差不多，把它带到你睡觉的地方，用衣被盖起来，你住在另外一间屋子里，用枣树做七枚钉子，按照北斗七星的位置钉在地上，再把辰位放置好，你自己在第二颗星辰下趴着，这样就可以免祸了。"客人大吃一惊，立刻就回家找了一段柏木。此人回到郴州，住在山馆里，按张山人所说的做好一切。半夜里，忽然起了大风雨，雷电震击了前屋，一会儿闪电的光亮就来到了他休息的地方，此人趴在星辰之下不敢动弹。电光到屋子里来了好几次，就好像有所搜查一样，在没有收获之后才停止。到天亮之后，此人前去观察，柏木已经变成齑粉了。此人更加害怕，奔跑着前去向观主道歉，哀怜着乞求观主放他一条活路，很久之后观主的怒气才消解，对此人说："不能轻视别人。毒蛇这些看起来不起眼的东西尚且能害人，难道你就可以无缘无故地触怒别人吗？现在我已经放过你了。"此人承认了罪过才离开，马上寻求张山人并厚谢他。

陆生

人神之间的道术较量

　　唐代开元年间，有一个吴地姓陆的人到京城参加明经科考试。陆生家境贫穷，也没有仆人。有一天早上陆生骑着驴子去寻找熟人，驴子忽然受到惊吓，挣脱缰绳逃跑了。陆生在后面追，一直追出了启夏门，来到了终南山下。陆生看到一条山间小路就往上走，感觉很熟悉。驴子一直往上跑，陆生跟在后面追。走了五六里路，来到一处很平整的地方，有人住在这里，门庭严整而肃穆。陆生往里面一看，只见茅斋前面有一株葡萄架，他的驴子也拴在葡萄树下面。陆生于是前去敲门，过了很久，一位老人开了门，将陆生请进去。老人的气度很不一样，陆生对老人很恭敬，老人于是请陆生坐下。陆生请求老人归还驴子，自己好回去。老人说："公子你到这里来只是为了一头驴子吗？能到这里来，是你的幸运啊。我是故意用驴子把你引到这里来的，你暂且在这里住下，应该就会明白我的意思。"老人又将陆生请到宅院里，陆生看到了华丽的屋宇和林泉池沼，此地大概就是仙境了。老人留陆生住了一晚，为陆生提供了美食和美酒，席间的音乐也如同仙乐一般。陆生内心受到震撼，不知道老人为何要这样做。

　　第二天，陆生即将辞别的时候，老人说："这里实际是神仙洞府，因为你是有道之人，所以我才召你前来。"老人又指着左右几位服杂役的童子，说："这些人原本是城市里屠狗、卖酒的

粗人，他们的仙术都是我教的，学成以后能够呼风唤雨。他们坐着的时候人还在，站起来时就看不见了。他们在人间游荡，人们也看不见。你应该住在这里，你的寿命会和天地一样长久，又怎能去贪恋人世间像朝菌一样短暂的荣华富贵哪。你愿意学习神仙术吗？"陆生拜谢道："请您教教我吧。"老人说："向老师学习是要献礼的，按惯例你应该向神灵献上一名女子，但我想凭你自己的力量是做不到的，现在我传授给你一个法术，你就可以下山去寻找了。"老人让陆生找来一根和人一样长的青色竹子，并告诉他："你拿着这根竹子到城里去，去那些五品以上三品以下的官员家里，将竹子扔下，然后把女子带走。只要记住这些，你就不用担忧，但千万不要去豪门权贵的家里，他们的力量或许能够将你制伏。"

陆生于是拿着青竹到了城里，他也不知道哪些是公卿权贵的家。陆生到了好几户人的家里，都没有发现女子，人们也都看不见陆生进了。后来陆生错误地走到户部王侍郎的家里，又走到阁楼上，看到一位女子正在镜前梳妆，陆生将青竹扔在床上，拉着女子就跑了。陆生刚走下台阶，就看到竹子变成了女子的模样僵卧在床上，王氏家里的人都在惊呼："小娘子死了。"陆生将女子带走时，刚好碰到王侍郎下朝回来，当时前来登门拜谒的权贵都填满了一条街，王氏的家里宅门又很多，一重又一重的，陆生走不出去，只能在中门隐身。王侍郎听说女儿死了，连忙跑过去查看，左右奔走的人不绝如缕。不一会儿，满朝的公卿都来到了王氏的门前。当时叶天师正在朝中，王侍郎奔走着邀请他屈身前来，而陆生已经在门下隐身半天了。一会儿工夫，叶天师就到了，诊视之后，叶天师说道："这不是鬼魅所致，而是有道术的人这么做的。"于是叶天师将水拿过来，朝死去女子喷了一口水，女子立刻就变成了竹子。叶天师又说："这个懂法术的人没有走远，还能搜到。"于是叶天师拿着刀和符咒，围绕着住宅寻找，果然在门的旁边抓到了陆生。陆生被抓到之后，受了一番毒打，众人问他是如何有此妖术的，陆生便将事情经过详述一番。

于是众人用铁链锁着陆生的脖子，让他带领大家一同到终南山寻找老人。陆生领着众人来到山下时，之前的那条小路已经不见了，办案的人更加觉得陆生是个妄诞之徒，就准备把他再带回去。陆生向终南山痛哭道："老人啊，难道你真的是想杀了我吗？"众人抬头一看，只见有位老人拄着拐杖从山上的一条小路走下来。众官吏随即向前逼迫老人，老人用拐杖在地上画了一条线，随即就变成了一条河流，有一丈多宽。陆生向老人叩头哀求，老人说："我之前不是告诉你了吗，让你不要到豪门权贵家里去，你故意违反我的命令，是你咎由自取啊，但我也不能不救你。"众人正在惊讶的时候，老人取水喝了一口，然后喷出去，随即便出现了几里的黑雾，白天变得像黑夜一样，人们也看不见彼此，过了一顿饭的时间黑雾才散去，此时已经看不到陆生了，只有枷锁丢在地上，山上的小路和之前的河流也都不见了。

俞叟

会招魂术的老人

王潜尚书在做荆南节度使的时候，遇到一位姓吕的男子，穿着破烂的衣服来参加科举考试，面有饥寒之色。吕生递上名片前来拜谒，但王潜没有接待他，吕生非常失望惆怅，于是寄居在旅馆里。过了一个多月，吕生更加贫穷了，于是将所骑的驴子拉到荆州的集市上卖掉了。有一个看守集市大门姓俞的老人，把吕生喊过来和他交谈，问他为什么会这个样子。吕生说："我的家住在渭北，家里很穷，双亲又年迈，我无法很好地赡养他们。府帅王公是我远房表亲，我远道前来，希望他能哀怜我的贫穷，看在亲戚的关系上给我帮助。我进门拜见，但王公连头都没有回一下，这难道不是我的命吗？"老人说："我虽然贫穷，没有物资和食物来救济你，但我刚才看到你面有饥寒之色，心中甚是不平。今晚我为你准备了饭菜，希望你到我的屋里住一夜。你就不要推辞了。"吕生答应了此事。于是老人将吕生请到一间房屋里，房子低洼潮湿，屋檐墙壁都坏了，也没有床榻席褥，二人只好将破席子放在地上，席地而坐，二人谈了很久才摆上晚饭，晚饭不过是用土碗盛着的粗茶淡饭。吃完之后，夜已经深了。老人对吕生说："我早年喜欢道术，曾经在四明山隐居，跟从道士学习抵御衰老的法术，我有这个志向但未能成功，自己在这里隐姓埋名已经有十年了，楚地的人并不知道此事。看到你在旅途之中穷困潦倒，

我又怎能不动恻隐之心呢？今晚我为你设下一个小小的法术，帮你获得回家路途中的盘缠花销。"

吕生虽然怀疑老人胡说八道，但感到非常怪异。老人于是拿来一个小土盆扣在地上，仅仅过了一顿饭工夫，将其抬起来看，只见盆里面有一个五寸来高，身穿紫衣，系着金腰带的人，正俯下身来揖拜。俞姓老人指着土盆说："这个就是尚书王公的魂魄。"吕生仔细看了看其形状外貌，果然和王公很相似，心里默默地觉得很怪异。老人于是告诫紫衣人，说："吕生是你的表侄，家境贫穷苦楚，每天的花销都不能得到保障，所以从渭北远道前来求助于你。你应该多给他一些物资，尽你的亲戚之道。你为何狂妄自大，看都不看他一眼，这难道是你的本心吗？现在我也不怪罪你，你应该多给他一些钱财，不要让他成为滞留外地的异乡之客。"紫衣人弯下腰来揖拜，好像接受教导的样子。老人又说："吕生没有仆人也没有马，可以找来一匹马和一个仆人，二百匹布帛，把这些送给他。"紫衣人又一次弯下腰揖拜。老人于是又把小土盆合上，过了一会儿再打开，已经看不见有什么东西了。

第二天早上天快亮的时候，老人对吕生说："你赶快走吧，王公不久就会召你前去。"等吕生回到旅馆的时候，王公果然喊他前去，刚见面王公就充满歉意地说："你远道前来拜访，恰好碰到我军府里事务繁多，没有空闲的时间来和你好好聊聊，我感到非常惭愧，希望你能体谅。"当天将吕生安顿在驿店的房间，和他连续宴饮、游玩了好几天。吕生告辞归去，王公赠给了他一个仆人、一匹马，以及二百匹布帛。吕生更加感到奇怪，但不敢说出来。等回到渭北之后，又过了几年，因为与几个朋友一起住宿，其间谈到了灵怪之事，才把这件事告诉了其他人。

石旻

让鱼起死回生的丹药

　　有一个叫石旻的人，不知道是何方人氏，浪迹江湖已经有很多年了，他的道术玄妙不可测。长庆年间，石旻在宛陵郡客居，有位雷氏的儿子曾经是宣城的部将。一天，雷氏的儿子和几位朋友一起在郡城南边的别墅饮酒，石旻也在座。他的家童用网抓到了一条鱼，有几尺长。这一天雷氏和客人都喝得大醉，众多客人都散去后，只有石旻留在雷氏的别墅里。当时正值酷暑，第二天再看这条鱼的时候，已经腐烂不可以吃了。家童准备将这鱼扔掉，石旻说："这条鱼虽然坏掉了，但我有良药，还可以把它救活，怎么能把它扔掉呢？"雷氏笑着说："先生您这话有些荒诞了，就算您有良药，又怎能让这死鱼活过来呢？"石旻说："我希望您可以看一看。"于是石旻从衣服中取出一个小药囊，囊中有几粒药丸，把它们撒到腐烂的鱼上，只过了一顿饭的工夫，腐烂的大鱼已经变得鲜艳又润泽了，又过了一会儿，鱼的鳞和鳍开始摇动了起来，就好像在大水中游动的样子。雷氏感到非常惊奇和怪异，向石旻拜了两拜并表示歉意，说道："先生的法术可谓是神乎其神了！我们这些尘世中的人既聋又瞎，与先生相比就像井中的小鱼和天上的飞鸟那样天差地别，我们又怎么能够与您为伍呢？"

　　在此之前雷氏有多年的疾病，于是讨要石旻衣中所藏的仙丹

妙药，希望能够缓解他久病的痛苦。石旻没有答应，而且告诉他："我的丹药很特别，你们都是一些俗人，嗜好没有节制，脏腑之内已经积满了腥膻，假如把我的丹药放到你们的肚子里，脏腑里的腥膻之气和丹药就会相互攻击，像水火一样交战，你就不能完整地活下来了。这药你千万不能吃。"石旻又说道，"神仙并不难得，只是俗尘让人身心俱疲，世人就像关在井槛中的猿猴和笼子中的鸟一样，徒有飞翔跳跃的心，又怎能成仙呢？"会昌年间，石旻在吴郡去世。

周生

把月亮装进怀里

　　唐朝太和年间有一个叫周生的人，他在太湖的洞庭山搭了一间草庐居住，时常用他的道术来帮助吴楚之地的人们，人们都很敬爱他。后来周生打算到洛阳的山谷之中，途经广陵，晚上便住在佛寺中，刚好佛寺里又来了三四个客人。当时正值中秋节，夜晚月光明亮，众人一边赏月一边吟诗。有人讲起了开元年间唐明皇到月宫游玩的事，众人相互感叹："我们都是尘世之人，肯定到不了月宫，这又有什么办法呢？"周生笑着说："我曾经跟我的老师学习过，这个我可以做到，而且还能把月亮拿到怀袖中，你们相信吗？"有的人觉得周生很妄诞，有的人却喜欢周生的这种奇奇怪怪。周生说："我要是不能证明自己，那可真就妄诞了。"于是周生命人腾出一间空房子，将四周的墙壁遮挡起来，不让它有一丝的缝隙。让人找到几百根筷子，又把他的童仆喊过来，让童仆用绳子把筷子绑成一个梯子。周生告诉众人："我现在就顺着梯子上去把月亮摘下来，你们听到我的呼喊声就可以过来观看了。"

周生于是关上门，众人在庭院中一边踱步，一边等待。忽然众人觉得天地一片昏黑，众人抬头一看，天上没有一丝的光亮。一会儿就听到周生呼喊："我从天上回来了。"于是周生将门打开，说道："月亮就在我的衣袖中，请你们前来观看。"周生于是将衣服掀起来，从衣袖中露出大约一寸长的月亮，屋内忽然就亮了起来，寒光直逼人的肌骨。周生说："你们都不相信我，这下总相信了吧。"客人朝周生拜了两拜，请他收回月光。周生再次将门关起来，门外面仍是一片昏黑，过了一顿饭的工夫，月光才和起初一样。

罗思远

喜欢隐身术的唐玄宗

　　唐代的罗思远有很多神秘又奇异的法术，最擅长隐身。唐明皇非常喜欢隐身术，就找到罗思远并向他勤奋地学习。罗思远虽然教了唐明皇隐身术，但没有将要点全部传授。唐明皇每当与罗思远一同隐身时，人们都找不到唐明皇；但当唐明皇自己隐身时，有时会露出衣带，有时会露出帽子，宫里的人每次都知道皇帝藏在哪里。唐明皇赏赐了罗思远很多东西，又用死亡威胁他，以此请求全部的法术，但最终也没有学到全部的内容。唐明皇很生气，命令有力气的人将罗思远用油布包裹起来，把他放到榨油的器具之下，将罗思远压死之后，又把他埋了起来。没过十天，有宦官从蜀地回来，说在路上碰到了罗思远。罗思远骑着驴，对宦官说："皇上跟我开的玩笑，也有点儿太残酷了吧。"

茅安道

　　唐代的茅安道，是庐山的道士。他写的符咒能让鬼来服役，自己又变化多端，跟从他学习的有几百人。他曾经教两个弟子隐身的法术，过了没多久，这两个人都说要回家赡养双亲。茅安道放他们下山，并说道："我传给你们法术是让你们学道的，你们不可以用法术来盗取美名，去炫耀它。如果你们违背了我的教诲，我会让你们的法术不灵验的。"二人接受训诫之后就走了。

　　当时晋公韩滉在润州，最痛恨这些道士。二人直接前去拜谒，心里想着如果韩晋公不礼遇自己，自己就隐身逃脱。等到二人被召见时，韩滉果然没有尊敬他们，于是二人故意表现得傲慢荒诞，提着衣服走上台阶。韩滉大怒，命手下的士兵将二人抓起来，于是二人想要施展他们的隐身术，但法术并不灵验，结果都被抓了。二人将要被杀掉的时候，说道："我们起初是不敢这样的，大概是被我们的老师给误导了。"韩滉想灭掉这类事情的源头，随即向二人说道："你们只要说出你们老师的名字和住处，我或许可以免你们一死。"二人刚要告诉韩滉，茅安道就已经来到了门外，门卒向韩滉报告，韩滉很高兴，心想这下终于可以一网打尽了，赶紧让人把茅安道喊过来。

茅安道浓眉长须，面貌高古，韩滉见到后不自觉地离开了座位，请茅安道坐在自己对面。茅安道说："听说我的两个徒弟很愚蠢，是他们冒犯了你，现如今他们的命是长是短，全在你的掌握之中，但我想请你允许我当面责备他们，让他们感到惭愧，然后就等着你对他们施加刑罚了。"韩滉命士兵拿着刀将二人包围起来，二人也被枷锁绑得牢牢的，他们跪在地上叩头哀求。茅安道对韩滉左右的人说："请给我一器皿的水。"韩滉怕茅安道用水遁的法术逃跑，就没有给他水。茅安道并没有不高兴，而是迅速将韩滉砚台上的墨水喝下，朝两位徒弟吐去，瞬间二人变成了黑老鼠在庭院里乱跑。茅安道变成一只巨大的鸢，每只爪子抓着一只黑老鼠飞走了。韩滉惊讶了很久，终究也无可奈何。

吴堪

白螺姑娘的吞火兽

　　常州的义兴县，有一位没有妻子的人叫吴堪，他从小就是孤儿，也没有兄弟姐妹。吴堪在县里当小吏，性情恭敬温顺。他的家靠着荆溪，他经常在门前用其他的物品将溪水遮挡起来，不让溪水受到污染。吴堪每当从县里回来，就在溪水边驻足欣赏，很是喜爱。过了好几年，吴堪忽然在水边得到了一枚白螺，于是将它捡了回去，用水来养着。之后，每次吴堪从县里回来以后，都看到家里的饭食已经准备好了，虽然心中疑惑，但也没有多问就食用了。像这样的情况持续了有十几天，吴堪一直以为这是邻母哀怜他寡居，所以才为他做好饭菜，于是吴堪谦卑地向邻母道谢，邻母说："你为什么这样说呢？你最近有了美丽的妻子，是她为你做事，你为何要感谢我这个老婆婆？"吴堪说："没有的事啊。"于是就问邻母怎么回事，邻母说："你每次到县衙以后，我就会看到一个女子，十七八岁，容貌端庄美丽，衣服轻便鲜艳，做好饭以后就回到屋里了。"吴堪心中怀疑是白螺所为，于是悄悄地告诉邻母："我明天假装到县里去，然后去你家，在门缝里窥视情况，可以吗？"邻母说："可以。"

　　第二天吴堪假装外出，于是看到一位女子从自己的房里出来，到厨房里面准备烧饭。吴堪从门里进来了，女子也就回不到房屋里了。吴堪向女子揖拜，女子说："上天知道你恭敬地爱护泉源，并且努力勤勉地履行自己的职责，哀怜你独自一人居住，所以派遣我前来服侍你，希望你知晓这件事，心中不要有怀疑。"吴堪恭敬地表示感谢，自此以后二人更加恩爱，关系融洽。邻居之间互相传播这件事，都感到非常惊讶。

当时的县令是一个粗豪的人，听说吴堪的妻子非常漂亮，想要据为己有。而吴堪为官做事非常恭谨，从不冒犯别人，也没受到过责备。县令对吴堪说："你对官吏职场上的事已经非常娴熟了，现如今我需要蛤蟆的毛发和鬼的手臂这两样东西，上晚班的时候就要交上来，如果找不到这些，你的罪责就不轻。"吴堪答应着走了出来，自己思索着人间没有这些东西，找也找不到，面容凄惨，回家后将此事告诉了妻子，并且说道："我今天晚上要死了。"妻子笑着说："你担心的都是些多余的小事，我是不敢违抗上天的命令的。想要这两样东西，我可以办到啊。"吴堪听说后，忧虑的脸色才稍微缓解。妻子说："我暂且告辞，把它们取回来。"片刻之间，妻子就回来了，吴堪这才得以完成使命。县令看了这两样东西，微笑着说："你暂且出去吧。"但终究还是想害他。

过了一天之后，县令又把吴堪喊过来说："我需要一头蜗斗，你赶快把它找过来，要是找不到，你就会被惩罚。"吴堪答应之后，奔跑着回到家里，又告诉了他的妻子。妻子说："我家里有，不难获取。"于是就回家去拿，过了很久，吴堪的妻子牵着一头野兽走过来，这头野兽像狗一样大，形状也和狗相似，妻子说道："这个就是蜗斗。"吴堪说："它有什么能耐呢？"妻子说："它能吞火，是头奇兽，你赶快送过去。"吴堪将这头奇兽送给县令，县令见了以后生气地说："我要的是蜗斗，这个是狗啊！"县令

又说道："你如果一定要说这是蜗斗的话，它又有什么能耐呢？"吴堪说："它能吃火，排出的粪便也是火。"县令于是找来炭火让蜗斗吃，吃完以后，蜗斗排在地上的粪便都是火。县令生气地说："要这东西又有什么用呢？"命令将火灭掉，把粪便扫走。县令刚想加害吴堪，结果在小吏清扫之时，粪便碰到了其他物品，随即燃起熊熊大火，火势凶猛，蔓延到屋墙，火焰四下围拢起来，一直弥漫到城墙门，县令及其家人全都化成了灰烬，吴堪和他的妻子也不知去向。这座县城随后也向西迁移了几步远，也就是现在的县城。

击竹子

行乞之人亦不可轻视

　　击竹子这个人，不知道姓甚名谁，也不知道是何方人氏，年龄有三十多岁。他生活在成都的酒肆中，用手拿着两根竹子相互敲击，发出铿然的响声，声音可以赏听，以此歌唱应和、向他人乞讨，所唱之词婉转动人，与道家之意相符合，得到的钱多用来饮酒，人们并不能知晓他的内心，击竹子过了十多年这样的生活。

　　有一天，击竹子前往东边的卖生药的黄氏家，意态从容地对黄氏说："我知道你是一位长者，喜爱道术，又很讲义气，你这样已经很长一段时间了。现在我想把我的一片诚心告诉你，你愿意听吗？"黄氏说："你有什么事，但说无妨。"击竹子说道："我是一个乞讨的人，经常在北门外七里的亭桥下走动，现在病得很厉害，治病恐怕是无济于事了。如果我死了，希望你把我烧掉。现在我带了两贯铜钱给你，可以提前为我买些木柴。你在焚烧的时候千万不要让别人触碰我的心肝，这就是我托付你的事情。如果你可以照办，我在阴间自然会好好报答你。"击竹子于是将铜钱留下，黄氏不要这钱，击竹子坚持留下，之后就离开了。

　　黄氏第二天到了北门外七里的亭桥下，果然看到击竹子躺在芦苇上。看到黄氏来了以后，击竹子很开心并表示感谢，缓缓地说："我的病不会好了。"又给了黄氏两斤黄金，说道："昨天我说过，不要让别人触碰我的心肝，这就是我的幸运了。希望你保重，告辞了。"说完就去世了，黄氏也流下了哀怜的眼泪，叹息了很久。黄氏令人将击竹子的衣服换掉，将棺材准备好，将其带到郊野，并堆起了木柴炭火，祭祀之后将击竹子焚烧。众人随即就闻到浓郁而奇特的香味，树林里的鸟也在鸣叫，到了晚上，击竹子的身体烧得只剩下心肝，心肝始终燃烧不尽，而且变得像装米的斗那么大。黄氏将击竹子的心肝收好回到城里，赶快让众人拿着竹杖前来击打，有人听到炮仗炸裂的声音，其声如雷，人和马都感到害怕。过了一会儿有个一尺多高的人，从火焰中出来了，此人就是击竹子，手中击打着竹节，声音很嘹亮，飘飘然地升上了天空。黄氏表示忏悔并对击竹子礼拜，众人也都在感叹惊奇。

哎呀！难道说不触碰击竹子的心脏，击竹子就仍然留在人间；触碰了他的心脏，他就可以上天吗？还是击竹子想借黄氏的手来显示他的蜕化之术呢？通过这件事，我们才知道成都是神仙会聚的地方，像击竹子这样的人也太多了。总的来说，不能因为对方是贫贱的行乞之人就看不起他。

卷三

鬼神之事

富阳人

爱吃螃蟹的山鬼

　　宋代元嘉初年，有一个姓王的富阳人，在小溪中制作了一个捕螃蟹的蟹籪。第二天他去查看的时候，看到里面有一块小木头，大概两尺那么长，小木头在蟹籪中使蟹籪裂开了，螃蟹都跑了出来，王氏于是将蟹籪修好，并将小木头拿到岸上。第二天王氏去看时，小木头又在蟹籪中，蟹籪又像之前那样裂开了。王氏又将蟹籪修补好，隔天再次查看时又和之前一样。王氏怀疑是这块小木头在作怪，于是将小木头放到蟹笼中，将蟹笼系到担子上挑了回去，并说道："回到家以后就把你劈碎烧掉。"离家里还有三里路的时候，王氏听到蟹笼中有动静，转过头一看，只见刚才的那块小木头变成了一个怪物，长着人的脸、猴的身体，有一只手和一只脚。怪物对王氏说："我天生爱吃螃蟹，确实是我到水里破坏了蟹籪，我太对不起你了，希望你原谅我，打开蟹笼把我放出来。我是山神，一定会帮助你的。我会保全你的蟹籪，让你抓到很多的螃蟹。"王氏说道："是你先粗暴地冒犯了别人，现在又说这样的话，前后作为不一致，本来就得了死罪。"这个怪物扭动身体，乞求释放，又多次询问王氏的姓名。王氏将头转过来，不再答话。王氏快到家时，怪物说："你不释放我，又不告诉我姓名，我还能有什么办法呢？我命休矣。"王氏到了家里把火烧旺，将小木头烧掉了，之后就安静了，再也没有什么怪异的事情发生。

当地的人将这种怪物称为山魈，并传说："如果它知道人的姓名，就会去伤害人。"所以山魈才会频繁地询问，它就是要通过加害别人来使自己逃脱。

阎庚

拴在脚上的婚姻之绳

张仁亶年幼时家境贫困，经常在洛阳北边的集市租房居住。有个叫荀子的马贩子，他有个儿子叫阎庚。阎庚喜欢做善事，又仰慕张仁亶的德行，经常偷他爸爸的钱来资助张仁亶的衣食，这样持续了很多年。荀子也经常生气地跟阎庚说："你是商贩之流，他是有才学的人，他生活得富裕或贫穷跟你有什么关系，你非要把自己家搞得破产去侍奉他？"张仁亶听说了这话之后，对阎庚说："是我连累了你，现如今我要去白鹿山，你之前给我的资助我不敢忘记。"阎庚是张仁亶的好朋友，他心里也不忍相别，就对张仁亶说："刚好我也有志于学习，现在想和你一起走。"张仁亶虽然对他突如其来的志向感到奇怪，但也答应了。

阎庚于是私自备好驴马、粮食一同前去，走了六天之后来到陈留，住在旅店里。张仁亶住在里面的一间房屋里，房间里有一张床。过了很久，一位客人随后来了，坐在床边。张仁亶见这人气质不一般，就叫阎庚从外面拿一壶酒进来。张仁亶把酒先让给客人喝，客人不敢接受，张仁亶坚持请他喝酒，于是几人一起喝酒。酒酣之时，甚是欢乐，共同住在了一间房屋里。到了半夜，几人相互询问各自的行旅，客人答道："我不是人类，我是阴曹地府里的人。地府里的人让我主持河北的婚姻，将男方和女方的脚绊住。"张仁亶打开他的行囊，看见袋子里装着细绳子，这才

相信。于是张仁亶向客人询问自己的官位和年寿，鬼（客人）说："张仁亶，你的年寿有八十多，官职可以做到位极人臣。"张仁亶又问阎庚的情况，鬼说道："阎庚的命薄，没有位禄。"张仁亶问怎样才能让他获得禄位，鬼说："如果能够娶到一个好的女子，就应该能够达成这个心愿。如今离白鹿山百余里地，有个村子，村中王家的女儿，她的面相极为富贵。刚开始已经和别人的脚绑在一起了，我可以为你把对方的绳子解开，拴在阎庚的脚上，以成全他。你们赶快去，当赶到村子里时会有大雨淋湿你们的衣服，这就是凭证。"

于是二人与鬼诀别，张仁亶与阎庚走了六七天，来到村子的时候刚好碰到了大雨，衣服被淋湿了。二人来到村子西边，请求到王氏家住宿。敲门之后，很久才有人出来，向客人道歉说："家里有点不太高兴的事，所以迟于迎接，请多原谅。"张仁亶询问其中的原因，主人说："我自己只有一个女儿，之前已经许配给了西村的张家，今天已经到了婚礼中的纳征环节，结果男方不重视，而且礼意单薄，这是看不起我们的意思，现在已经退婚了。"张仁亶回头和阎庚相视微笑，二人留下来住了几天，主人非常开心。张仁亶于是说："阎庚是我的妻弟，正当盛年，有志于学问，现在还没有结婚。"主人推辞说自己是农村人家，但脸上有喜色。张仁亶坚持替阎庚求婚，主人这才应允。二人用马、驴和其他物资作聘礼，当亲事结束之后，张仁亶把阎庚留在王家，一个人离开了，主人赠送了一些东西把他送走。之后过了几年，张仁亶升迁为侍御史、并州长史、御史大夫知政事，后来阎庚也累次受到提拔，最终做到了一州刺史。

黎阳客

鬼也有被报复的时候

　　开元年间，有位读书人家里很穷，他到河朔一带求谒（唐士人风气，向各处官府献文，求得馈赠），所至之处没有人回应他，于是转道黎阳。天色已晚，但路还有很长。他忽然看到路旁有一扇门，屋宇甚是雄壮，准备夜晚投宿此家。于是黎阳客前去敲门，过了很久，奴仆才出来。黎阳客说："天色已晚，前面的路走不完了，我想寄居在这里可以吗？"奴仆说："请让我禀报主人。"得到允许之后黎阳客才进门。过了一会儿，黎阳客听到有脚步声，等主人走了过来，竟是一位衣冠楚楚的美男子，风度翩翩，姿态昂扬，有别于众人。主人命令将客人请来，相互拜谒之后，主人说道："您一路走来，怕是辛苦了，这里有一间陋室，委屈您暂住了。"黎阳客私下觉得很奇怪，而且准备仔细地察看。二人一起来到屋里，主人颇能清谈，讲述齐周以来的故事，历历分明，就好像亲眼见过一样。黎阳客询问主人的姓名，主人答道："我是颍川的荀季和，因为先人在这里做官，所以就在此地居住了。"主人命令摆下晚饭，酒肴都是非常精致高雅的，但口味相对清淡。过了一会儿，主人吩咐下人准备床铺，并邀请黎阳客进入，又命令一位婢女服侍休息。黎阳客在婢女服侍他的时候，问道："你家主人现在做什么官？"婢女答道："现在是河公主簿，你千万不要说出去。"

过了一会儿，黎阳客又听到外面有人在喊疼。于是黎阳客偷偷地从窗户中观看，只见主人坐在胡床上，将灯烛点上，前面有一个人披头散发，形体裸露，左右的仆人呼喊群鸟前来啄这个人的眼睛，以至流血遍地。主人非常愤怒地说："还敢来凌暴我吗？"黎阳客问道："这是谁啊？"主人说："你为何非要知道和你没关系的事呢？"黎阳客坚持询问，主人说："这是黎阳的县令，他喜欢射猎，屡次追逐野兽，侵犯我的围墙，因此他要受这个罪。"黎阳客偷偷地将这些都记在心里。

第二天黎阳客醒过来，发现自己居住的原来是一座大坟墓。黎阳客前去打听，别人说这是荀使君的墓地。到了黎阳时，县令果然以眼疾辞客。黎阳客说："我可以治疗眼疾。"县令很高兴，将其召入。黎阳客将其前后经过细说一遍，县令说："确实有这回事。"于是县令暗地里命令乡村里的主管者，准备了几万捆木柴堆积在墓地围墙旁边。在某一天，县令带领众多小吏，纵火将堆积的木柴焚烧，又改迁了这座墓地，眼疾也随即好了。县令丰厚地答谢了黎阳客，但并没有告诉他原因。

后来黎阳客再次回到这个地方，看到有一个人焦头烂额的，身上穿着破败的棉絮，蹲在荆棘丛中，跟黎阳客说话，黎阳客都已经不认识他了。此人说："您还记得之前在这里住宿过吗？"黎阳客这才认出此人正是自己此前居住过的墓地的主人，并非常吃惊地说："你怎么就到了这般地步了呢？"墓主人回答说："我之前被黎阳的县令困辱过，但这也不是你的本意，是我自己的命运穷苦罢了。"黎阳客非常惭愧，为他置办了微薄的酒醑祭祀，将自己穿过的旧衣服焚烧给墓主人。墓主人高兴地接受并离开了。

李氏

做了鬼的妹妹也吓人

　　长安有个叫来庭里的地方，住着一位姓李的妇人。她白天坐在自己家的堂屋里，忽然看到了她去世的妹妹。她妹妹身穿白色的衣服，头上裹着头巾，直接前来追赶自己。李氏绕着床奔走躲避，而李氏的亡妹追逐不止，李氏于是骑着马出门奔逃。路上崎岖坎坷，旁人也不敢出声救援。此时北门有一万名骑兵，骑兵用马鞭击打李氏的亡妹，其亡妹随后消失，只剩下头巾掉落在地上，头巾下面有一具骷髅。

高励

用胶水治疗马足

　　高励是崔士光的老丈人，有年夏天，高励在他自己庄园的桑树下看人家打麦子。只见一个人从东边骑着马过来，到高励跟前拜了两拜，说："烦请您医治我的马，它的脚坏了。"高励说："我不是马医，怎么会治马呢？"这个人笑着说："只要用胶粘一下就好了。"高励一点儿也听不懂这个人说的话。此人告诉他："我不是人，我是鬼，这个是用木头做的马，你只要用胶粘住，我就可以赶路了。"高励于是将胶取出来煮烂，来到马的旁边时，看到马变成了木马，是马的前脚坏掉了，高励于是帮忙粘上了。之后高励把胶送回屋里，等他出来的时候，看到这个人站在马的旁边，马非常骏伟。此人回身向高励表示感谢后，便上马走了。

李昼

五女冢

　　李昼在许州做小官吏的时候，他的田庄就在扶沟。永泰二年（766年）的春天，李昼因清明节回家扫墓，想顺路到泊梁河去。路旁有座坟墓，离大路约有二十步，因为牧童在坟墓上游戏，所以上面没有草。这天夜里李昼忽然看到坟墓上有个洞穴，像盘子那样大，而且里面有火光。李昼很诧异，于是下马登上坟墓察看。只见五个女子穿着华丽的衣服，朝五个方位坐着，在那里做针线活儿。她们全都低着头靠近烛光，在那儿你一言我一语，说个不停。李昼呵斥一声，五盏灯烛都灭了，五位女子也都不知了去向。李昼很害怕，跳上马逃走了。还没走到大路，有五束火光从坟墓里出来追着李昼跑，李昼怎么也摆脱不了，于是用马鞭挥打，自己却被灼伤了。走了将近十里路才来到泊梁河，直到有狗过来了，火才灭掉。第二天李昼看到马的尾巴被烧光了，马的大腿和小腿也都被烧伤了。从此以后人们就把这座坟墓称为"五女冢"，现在还保存着。

李冰

李冰治蜀江的传说

　　李冰在蜀郡做太守的时候，蛟龙每年都要施展暴虐行径，大水把百姓的房屋都冲毁了，李冰于是到水中将蛟龙杀掉。李冰自己变成牛的形状，江神变成龙跃出水面，李冰没有获胜。李冰从水里出来之后，挑选了几百个勇敢的战士，手里拿着强劲的弓箭，相互约定："我之前变成了牛，现在江神也必定变成牛，我用白色的丝带缠在身上来区分自己，你们要射杀没有这个标记的牛。"于是李冰吼叫着又回到了水中，过了一会儿风雷大作，天地混为一色。稍稍安定之后，有两头牛在水中相斗。李冰身上缠着很长的白色丝带，众多武士一齐将箭射向江神，江神这才被射杀。从此蜀地的人再也不会被江水困扰了。到现在，汹涌的江水刚冲到李冰的祠庙前，势头就会缓下来。所以说，蜀地秋冬之际举行斗牛之戏，未必不是这个原因。

沽酒王氏

火神网开一面

　　建康江宁县县衙的后面，住着一家卖酒的王氏，他卖酒以价格公道著称。癸卯这一年的二月十六日夜里，酒店里的人已将外门关上，忽然有几个穿着红衣服的人，带着很多的仆人和马匹来到酒店门前，大喊道："开门！我要暂时在这里休息。"店小二奔跑着向主人禀报，主人说："出去迎接。"话音刚落，这些人已经在酒店坐下了。主人于是准备了丰盛的酒食，又犒劳了跟在后面的仆人，客人表示非常感谢。

　　过了一会儿，有的仆人拿着一捆百千丈长的绳子，有的仆人拿着几百个橛子，走向前请示道："现在我们请求布下包围圈。"一个紫衣人表示同意。仆人出来后将木橛钉在地上，将绳子拴在木橛上，将周围的人家都围了起来，过了很久又禀报说此事已经办完了。这个紫衣人起身来到户外察看，随从的仆人说："这个酒店也在包围圈里面。"紫衣人相互商量道："酒店的主人待我们很厚道，将这个酒店免除怎么样？"众人都说："不过这一家罢了，有什么不可以呢？"紫衣人随即命令将木橛移开，让这家酒店置身于包围圈之外。紫衣人回过头来对酒店主人说："我以此来报答你。"于是，忽然间就不见了踪影。店主人回头再看绳子和木橛，已经不见了。

　　过了不一会儿，巡使欧阳进巡夜。来到了酒店前，问店主人为什么深夜还开着店门，又问他为何不将灯烛吹灭。酒店主人将事情前后一五一十地陈述了一遍，欧阳进不相信，将店主人抓进了监狱，准备以妖言惑众的罪名处罚他。过了两天，建康城起了大火，从朱崔桥以西一直烧到凤台山，片瓦无存，这座酒店前后的屋舍也都化成了灰烬，唯独王氏酒店免于灾难。

曲阿神

神的权力也可以被买卖

曲阳的大堤下有一座庙。晋代孝武帝年间，有一个逃跑的劫匪，后面被十几个官兵追赶。劫匪径直朝庙里跑去，扑通一声跪在神庙前求救，许诺事后献上一头猪，于是劫匪神不知鬼不觉地就来到了床下藏着。追赶的人进庙之后找不到劫匪，众多官兵都看见劫匪进了庙，庙里也没有出口，于是众人向庙神请求道："如果能抓到劫匪，我们会献上一头牛。"过了一会儿劫匪露出了形体，官吏就将劫匪绑走了。劫匪于是说："神灵啊，你已经许诺为我渡劫了，为什么还要有牛和猪的区别，为什么要违背之前的承诺呢？"话还没说完，就感觉庙神的脸色变了，出了门之后，有一只大老虎张开大口走了过来，直接一口将劫匪夺过来，衔在嘴中跑走了。

崔敏壳

敢训斥项羽魂魄的人

　　博陵的崔敏壳，性格耿直，不惧怕鬼神。十岁那年暴病而死，死后十八年又活了过来。他向阎王陈述，说他是被抓错了。崔敏壳苦苦地自我申诉，过了一年多终于获得释放。阎王对崔敏壳说："你确实应该回到人间，但你的房屋已经坏掉了，该怎么办呢？"崔敏壳不以为然，坚持要回到人间。阎王说："你应该选择再投胎一次，我可以给你加倍的官禄。"崔敏壳不肯。阎王没办法用道理使崔敏壳屈服，犹豫了很久。崔敏壳还在申诉自己的冤屈，阎王不得已，让人到西方寻求可以重生的药。又过了好几年，去的人才回来。阎王把药放在崔敏壳的枯骨上，枯骨上立马长满了肉，只有脚心的位置不长肉，骨头露了出来。

　　此后，崔敏壳的家人多次梦到崔敏壳说："我已经活了。"于是家人将棺材打开，刚开始崔敏壳只是有一些气息，休养了一个多月才彻底好过来。崔敏壳在冥界时，知道自己会做到十个州的刺史，于是屡次请求住在凶宅里，以便轻蔑侮辱这些鬼神。最终呢，崔敏壳也没出什么事。

　　后来崔敏壳去徐州做刺史，前人都不敢坐在官署的正厅里，相传这是项羽的旧殿。崔敏壳到徐州后随即命令将正厅打扫一番。他在正厅里处理了几天公务之后，忽然听到天空中有人大叫："我是西楚霸王，崔敏壳你是什么人，胆敢抢夺我住的地方！"崔敏

壳慢慢地说："卑微的项羽啊，你活着的时候不能和汉高祖向西争夺天下，死了之后难道还要和我崔敏壳争夺一间破败的屋子吗？而且霸王啊，你死在乌江的时候，头颅被带到万里之外，即便你有剩余的威灵，这又有什么可怕的呢？"空中于是没有了声音，官署正厅也都安稳了。

后来崔敏壳做华州刺史的时候，有人在夜里听到庙中有人喧哗，又看到庭院中点满了火把，几百名士兵陈列其中，都在听从训令："你们应当和三郎一起去迎接新妇。"又听到这个声音说："崔使君在州境中，你们不要随意地施展狂风暴雨。"众人皆说："不敢。"等崔敏壳走出来看时，就什么也看不到了。

乔龟年

孝养父母不是为了自己

乔龟年善长写篆书，赡养父母非常地尽心。大历年间，每当他为别人书写大的篆字，得到的钱就拿来买好吃的给父母。有时看到母亲没有安身之所，就会对着天空哭泣，恨自己太贫穷，不能让母亲过上好日子。一年夏天，他到井边去打新鲜的井水，忽然有一个青衣人从井中跳了出来，站在井旁边，对乔龟年说："你的贫穷是前生注定的。为什么因为你母亲没有安身之所，你就向天地哭诉呢？"乔龟年怀疑他是神灵，向他拜了拜，回答道："我常恨自己不能取得富贵，以便用丰厚的物资来赡养母亲，而且母亲已经年老，但却吃不到好的东西。虽然我不辞辛苦地替别人写字，但所获得的收入还不足以办到这些。所以只能对着天空哭号。"神人说："你的孝心已到了极点，上天已经知道了。你会在这口井中收获一百万的钱财，这是上天赐给你的。"说完就消失不见了。乔龟年于是到井中搜取，果然获得了钱财一百万。于是乔龟年经常给他的母亲制作珍贵的菜肴，但不经常去权贵的门前游玩拜谒。之后过了三年，乔龟年的母亲去世了，龟年号泣哀慕无法自持，又用剩余的钱安葬了他的母亲，之后又回到了贫穷的状态。

过了很多年，乔龟年闲来散步，走到了之前获得钱财的井边，失望地说："我之前贫穷，上天赐给我钱财；如今我又贫穷了，

上天却不再赐给我金钱。如果之前上天因为我是孝子才赐给我钱，难道现在的我就不是孝子了吗？"一会儿神人又从井中跳了出来，对乔龟年说："往日上天知道你在孝养你母亲，所以才赐给你钱，让你为母亲准备好吃的，并不是因为你贫穷才帮助你。今天就算给你钱财让你去提供好吃的东西，也没用了，你怎么能有怨恨之心呢？如果你心有怨恨的话，那说明你之前的心意不是为了母亲，而是为了你自己。"乔龟年既吃惊又害怕，于是又对神人拜了两拜。神人又说："你之前的孝顺，被上天所知；今天的不孝，也被上天所知。你应当自己努力生活，不然的话就会被冻死饿死。你今天说的这一句话，罪过已经很深了，是不可追回的。"说完之后就消失了。乔龟年果然因为贫困而死。

蔡荣

土地神来报恩

中牟县的三异乡，有个叫蔡荣的木工。他从小就相信有神灵，每到吃饭的时候必然留出一份来放在地上，暗暗地向土地神祷告，直到他长大成人也没有忘记这么做。

元和二年（807年）的春天，蔡氏得了病，已经有六七天卧床不起了。一天晚上，有个武官跑过来对蔡氏的母亲说："蔡荣用过的衣服和器具要抓紧时间藏起来，不要让别人看见，赶快替蔡荣换一身妇女穿的衣服，如果有人来询问蔡荣的消息，一定要骗他说蔡荣离家出走了。如果问你具体到哪里去了，你就随机应对，不要让他人知道蔡荣的所在之处。"说完就走了。

蔡荣的妻子和母亲听了这个人的话，按照交代刚做完这些事，就有一个将军骑着马带着十几个人，拿着弓和箭直接来到堂屋呼喊蔡荣，蔡荣的母亲惊恐地说："他不在家。"将军又问："那他到哪里去了？"蔡荣的母亲回答道："他上次喝醉了回来，整天不务正业的，我很生气，就打了他一顿，蔡荣或许是偷偷地逃跑了，不知去了哪里，已经离家出走十几天了。"将军派人在屋子里搜查，搜查的人出来说："屋子里面没有男子，也没有做木工的工具。"将军连忙将掌管地界的土地神喊来，之前教蔡荣藏起来的那个武官出来了，答应了一声"诺"。将军责备道："蔡荣离家出走，你怎么可能不知道他在哪里？"土地神回答道："他在一气之下私自外出，也没有告诉别人自己去哪里了啊。"将军说："阎王的大殿倾斜了，需要精巧的木匠，工期快要到了，有谁能够顶替蔡荣呢？"土地神说："梁城乡的叶干，他的木工活比蔡荣还要精巧，我计算了一下他的寿命，应当把他追过来。"将军骑着马就走了，过了一会儿，土地神又回到蔡家，说："我就是掌管这片区域的土地神，蔡氏每次吃饭的时候都会喊上我，所以我是来报恩的。"说完就离开了。母亲看了看蔡荣，他已经汗流浃背，从此病也就好了。

　　不久就听说梁城乡的叶干暴病而死。叶干的妻子就是蔡荣母亲的侄女，蔡氏家人详细地计算了叶干的死期，正是蔡荣穿上妇女衣服的时候。

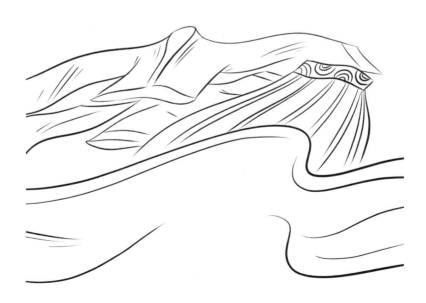

张助

盲目迷信惹笑话

南顿有个人叫张助，有一次他在田间耕种时看到一枚李子的核。张助将它挖出来，放到空了心的桑树里，但后来忘记拿出来了。张助之后去了很远的地方做官，不在家乡。再后来乡亲们看到桑树中长了一棵李子树，觉得这是神灵所致。有一个眼睛很疼的人坐在桑树下休息，心里默默祈祷，说："李子树啊，你要是能治好我的眼病，我就用一头小猪来答谢你。"后来此人的眼病好了，就杀了一头小猪来祭祀李子树。众人越传越神，都说这棵李子树能把盲人的眼睛治好。远近的人一时轰动，都来到李子树下祈福，树下酒肉成堆，这样的情况持续了好几年。后来张助罢职回家，看到这种情况，感到奇怪，说道："这不过是我之前种的李子核罢了，有什么神灵不神灵的？"于是就把李子树给砍了。

洛西古墓

不懂科学上当受骗

　　洛阳的西边有一座古墓，古墓早就被盗墓贼破坏了，里面积了很多水，墓室里的石灰溶解后，就形成了石灰水。石灰水可以杀菌，能够治疗疮病。夏天有个行人路过古墓，因为疮病发作而心中烦热，看到古墓中的石灰水清洁干净，就跳到里面洗浴了一番，他的疮病也被治愈了。于是众多得了疮病的人听说以后，纷纷来到古墓的石灰水中洗浴，还有人把石灰水喝到肚子里。住在古墓附近的人就在墓的旁边搭了一座庙宇，专门卖古墓里面的石灰水，前来买水的人还要到庙中祭祀一番，于是庙中酒肉不绝。前来买水的人越来越多，石灰水很快就要卖完了，于是卖水的人经常在夜里偷偷地将别处的水运过来补充。远方不能亲自前来的人，还要托人拿着器皿和介绍信前来，于是卖水的人暴富了起来。后来有人说这水不灵验，官府便禁止了此事，将破败的古墓回填了，此事也就结束了。

卷四

草木精怪

三朵瑞莲

一茎三莲呈祥瑞

伪蜀国的国主在篡位的时候，众多贵族功臣竞相建起高大的住宅。其中伪蜀国的中书令赵廷隐的南北住宅最奢华，有千门万户，众多权贵的奢华程度没有能比过他的。宅第的后面有一条江，水池中有两个岛屿，工匠又沿着砌好的石壁和水池边缘，在四岸都种上了垂杨，其中偶尔也夹杂一些木芙蓉。池中种着莲藕，每到夏秋之际，莲花盛开，池鱼跳跃。柳荫的下面，有士子在读书，有人在垂钓，有人手拿如意，有人手拿麈尾，他们在一起谈诗论道。

一天，岸边有一枝荷花的茎开了两朵莲花。当时可以称得上是太平无事的时代，士女都穿着香艳的衣服前来，游玩观看的人非常多。赵廷隐把这些场面画成图献了上去，蜀主不禁赞赏有加，此时歌咏的人很多。不知什么时候，禁苑中有一枝荷杆上开了三朵莲花。蜀主摆开筵席，召集群臣观赏，只要身份是词臣的，都要写诗进贡。当时有位好事者把这件盛事画了下来，直到今天还在流传。

紫花梨

一棵梨树引发的伤感

清泰年间，故事的主人公在京师游玩。有天夜里他与巡官卢泳、博士郑宸、僧人季雅，以及其他好友在赵波隄僧院相会。此时正值清秋刚过，月光皎洁。几人在一起联句、饮酒。座间有刚成熟的柿子、鲜红的肉脯、名贵的茶水，几人推杯换盏、歌咏赋诗，席间有人醒有人醉。众人在座上互相说起古往今来的事，于是提到了水果。有一个人提及了紫花梨，众人说："真定县有种紫花梨的。"唯独僧人季雅皱起眉头说："这是小僧先祖的遗恨啊。"众人很吃惊，就问他是怎么回事。

季雅说："当初武宗皇帝君临天下的第五年，天下动乱，事情繁多，皇帝心里不舒畅，忽然就患上了心热的疾病。名医们纷纷进献药材，但是这病也没好起来。于是朝廷广泛征集良医。此时有青城山的邢道士，他的药方很灵妙，皇帝随即就召见了他。道士将肘后绿色药囊中两粒青色的丹药以及几颗梨子取出来，绞成汁后献了上去，皇帝的病很快就被治好了。几天内，皇帝赏赐了几万的金钱给他，又封给他'广济先生'的称号。皇帝从容随和地询问丹药是用什么物品炼成的。广济先生说：'在赤城山的山顶，有两株青色的灵芝。在太白山南边的小溪边，有一棵紫花梨树。我曾经到这两座山去游览，偶然获得这两件宝物，合成了这一副丹药。五十年来，这副丹药快被我吃完了，只剩下两颗，现在有幸遇到陛下，进献给您服食。如果您还想要这副丹药的话，就必须要找到这两样东西。'过了几个月，邢先生辞别皇帝回到山中。后来皇帝的病又发作了，再次到青城山下征召邢先生，但不知道他去了哪里。皇帝于是下诏给天下，如果找到紫花梨就要立即上奏。当时恒州的节度使、太尉叫王达，娶的是寿春公主，也就是会昌公主的妹妹。他听说真定县的李令种了几株梨树，其中有一株就是紫花梨，随即就把消息送给了皇宫中的宦官，接着就将此树封起来，把周围树木的枝条修剪一番，还用红色的栏杆把梨树围起来，对细小的枝条非常爱惜，就好比是对待月亮中的桂花树一样。当梨树开花的时候，为了防止蜜蜂、蝴蝶来损耗花瓣，经常用轻薄的纱布远远地加以遮挡，守护梨树的人简直不胜其苦。到了秋天结果的时候，公主必定亲手挑选然后进献给皇帝。紫花梨以这种方式到达皇宫中，有六七成的梨子都是令人满意的。皇帝就经常吃这种梨，虽然比不上邢先生所进献的，但大致也能消解胸中的烦躁。这个时候有个叫李遵的人前来面圣，他担任恒州的记室参军，写了一篇《进梨表》：'紫花开处，擅美春林；缥蒂悬时，迥光秋景。离离玉润，落落珠圆；甘不待尝，脆难胜

口。'《进梨表》到达朝廷之时，百官公卿看到后多半都笑了起来，说道："常山公为什么要把残次的梨供奉到朝廷呢，大概是其表有"脆难胜口"这四个字吧。'第二年武宗就去世了，公主也相继辞世，这种梨之后成为常见的贡品。时间长了，守树的县官也倦怠了。到了天祐末年，赵王被一个叫德明的人篡位杀掉了。之后县衙经历了多次兵火，紫花梨树也变得枯萎朽烂，现在的真定县已经没有继续种植它的了。在武宗那个时代，县令叫李尚，也就是我的祖父，他曾经因为没有小心地守护紫花梨树，结果梨树被大风吹折了一根树枝，我的祖父就被降职为冀州的典午。我因此追念往事，略有伤感。"

飨茗获报

墓主人喜欢喝好茶

刘向的《异苑》记载道，剡县陈婺的妻子在年轻的时候便与两个儿子过着寡居的生活，她平时喜欢喝茶。她的住宅中有一座古墓，因此每当她喝茶的时候就先用茶水祭祀墓主人。她的两个儿子生气地说："古墓哪里有知觉，这种祭祀是徒劳的。"因此想把古墓给挖走，母亲苦苦阻拦，两个儿子才停了下来。到了夜晚，母亲梦到一个人对她说："我在这座坟墓里待了三百多年，你的两个儿子总想把我毁掉，幸亏有你来保护我，又给我喝好的茶水。我虽然是黄泉之下土壤里的一堆朽骨，又怎能忘记报答你呢？"到天亮的时候，其母在庭院中获得了十万铜钱，装铜钱的箱子像是埋了很久一样，只有穿钱的绳子是新的。母亲便将此事告诉了两个儿子，二人非常惭愧。从此以后，他们对古墓的祈祷、祭祀就更多了。

地下肉芝

书生命运的几次转折

兰陵有一位洒脱的逸人姓萧，不知道他的名字。他曾经考进士落第了，于是他把书都烧了，隐居在潭水边上，跟随道士学习神仙法术。因此他不怎么吃饭，只呼吸空气，每天早上伸展肢体，希望能够延年益寿。过了十多年，他的头发全白了，面容憔悴，背也驼了，牙齿有的也掉了。一天他拿起镜子自我观察，突然勃然大怒，说道："我摒弃功名利禄，在田野间隐居，不吃饭，只呼吸空气，为的就是长生不老，现在我衰老消瘦成这样，这难道是我的本心吗？"

随即他又回到邺下居住，向商人学习追求丰厚的利润。过了几年之后，他的资产极度富饶，成为了富贵人家。后来因为修治园子中的房屋，他在挖地时发现一个物体，形状和人的手一样，肥厚有润泽，微微泛着红色。这位萧逸人得到后吃惊地说："这难道不是祸害的征兆吗？而且我听说太岁在的地方不可以动土。如果有人不小心违犯它，它的下面就会长出长长的肉，这的确是不吉祥的事情，现在果然出现了，该怎么办呢？但我也听说了：得到这个肉把它吃掉，或许可以免除祸害。"于是他就把肉煮吃了，味道非常鲜美，都吃完了。从此以后，萧逸人的耳朵也能听清了，眼睛也变得明亮了，力量也变强了，面貌也年轻了起来，头发秃掉的地方也都长出了黑头发，掉落的牙齿也一个挨着一个地长了

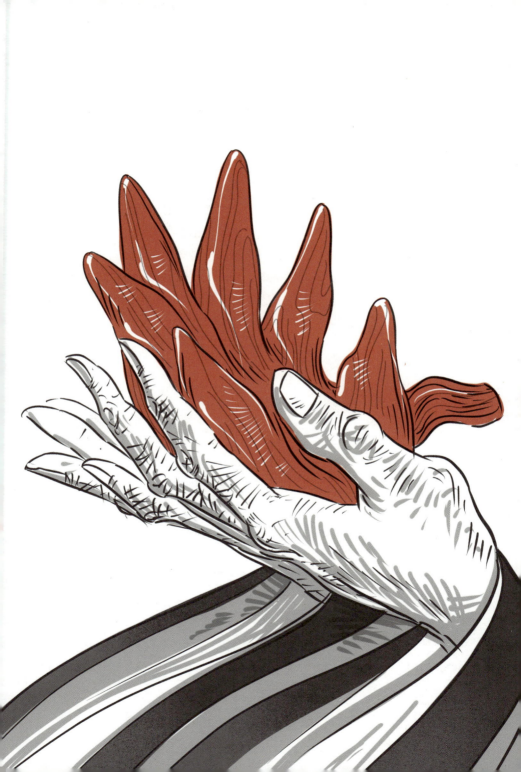

出来。萧逸人暗自感到奇怪，不敢告诉别人。

　　后来一位道士来到邺下遇见了萧逸人，惊奇地问："先生，您是吃了什么人的药吗，为什么神气如此清朗？"道士于是为萧逸人把了脉，过了很久说道："先生，您曾经吃了灵芝啊！灵芝的形状和手掌相似，肥厚且有润泽，微微泛红的就是它。"萧逸人顿时回想起来，把此事告诉了道士。道士祝贺道："先生，您的寿命可以和龟、鹤相比了，但您不适合再居住在尘世间，应当去山林中退隐，抛弃人间的俗事，就可以修炼成神仙了。"萧逸人高兴地听从了道士的话，于是离开了尘世，不知去了哪里。

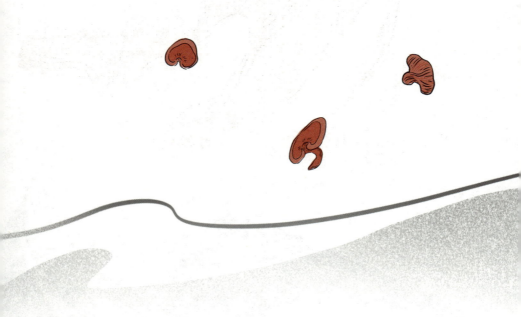

食黄精

吃了黄精能飞天

　　临川有一个读书人虐待他的奴婢，奴婢不堪忍受毒打，就逃到山中去了。过了很久，她的粮食吃完了，非常饥饿地坐在水边，看到野草的枝叶很可爱，就拔了下来，把它在水中洗了洗，然后连根吃掉了，她感觉非常美味。从此以后她就经常吃这种野草，久而久之就不再感到饥饿，自己反而变得更加轻健矫捷。有一天夜晚她在大树下休息，听到草丛中有野兽走过，以为是老虎，非常害怕，于是心想如果能爬到树梢上就好了。正在想着，她的身体已经在树梢上了。到天亮的时候，她又想到平地上来，结果身体又不知不觉地飘了下来。

从此以后，只要她想到哪里去，身体就会飘然而至。有时从一座峰顶飞到另一座峰顶，就像飞鸟一样。过了几年，曾经和她一起服侍这位读书人的仆人到山中砍柴看到了她，回去告诉了主人，主人让仆人把她抓回来，但是抓不到。一天，他们在绝壁碰到了她，随即用细绳将其三面围住。结果她忽然飞上山顶，她的主人更加感到惊异害怕，心想一定要把她抓到。有的人说："她只是奴婢而已，怎么可能有仙骨呢？她只不过吃到一些灵药罢了。你可以尝试摆下丰盛美味的食物，让食物五味调和。你就摆在她来往的路上，看她吃不吃。"主人就这样照办了，这个奴婢果然来吃了。吃了以后，她就再也飞不远了，因此就被抓住了，于是这位奴婢具体陈述了其中的缘故。人们问她所吃的野草的形状，知道了其实那就是黄精。众人让她再去寻找，但已经找不到了。这位奴婢过了几年就去世了。

虢国夫人

变成小猴子的人又成了木头

长安有一位贫穷的僧人，他穿的衣服非常破烂。僧人在售卖一只小猴子，小猴子会说人话，也听人使唤。虢国夫人听说以后，连忙把僧人叫到自己的住宅。僧人到了以后，虢国夫人会见了他，问他事情的来由。僧人说："我原本住在蜀地的西边，在山里住了二十多年，偶然有一次，一群猴子在路过之后留下了这只小猴子，我怜悯它，于是将其收养下来。才过了半年，这只小猴子就懂人的意思，也会说人话、听从指挥，我使唤起来没有不称心如意的，它和我的弟子实在没有两样。我昨天到长安城里来，生活物资非常短缺，没有能力将小猴子留在身边，就打算把它带到集市上卖掉。"虢国夫人说："我现在把布帛给你，你把小猴子留下，我来养它。"僧人于是表达了感谢，将小猴子留下就走了。

这只小猴子早晚都在虢国夫人左右，虢国夫人非常喜爱它。过了半年，杨贵妃送芝草给虢国夫人，虢国夫人把小猴子喊过来，把芝草给它观看玩耍。小猴子忽然在虢国夫人面前倒下，变成了一个少年，容貌非常端正，年龄有十四五岁。虢国夫人感到很惊

奇，喝问是怎么回事。少年回答道："我本来姓袁，卖我的那个僧人住在蜀山里。有一次我随父亲到山中采药，在树林中住了三年，父亲经常拿药苗给我吃，忽然有一天，我不知不觉就变成了猴子。我的父亲很害怕，就抛弃了我，所以我才被这个僧人收养，然后才来到夫人您的宅院。虽然之前我口不能言，但心里的事我一点也没有忘记。自从受到您的养育之恩，我就很想把心中的话说给您听，只恨我不能说话，每到深夜，我就会一个人哭泣。现在没有想到又变回了人身，不知道夫人您心里如何看待这件事。"虢国夫人感到很奇怪，于是命人拿出锦衣给他穿上，让他做自己的随从，并把这件事保密起来。

又过了三年，少年变得更加英俊，杨贵妃曾经屡屡回头看他。虢国夫人怕少年被别人夺走了，就不再让他出门，将他安置在一间小屋子里。少年只喜欢吃药草，虢国夫人就让侍儿婢女经常提供药草。忽然有一天，少年和婢女都变成了猴子，虢国夫人感到很怪异，就命人射杀了它们，发现那个少年原来是段木头。

李楚宾

射杀作怪的大鸟

　　李楚宾是楚地人，性格刚强兀傲，每天只以打猎为生。他只要外出打猎，就能有很大的收获。当时，童元范的家住在青山，童元范的母亲得了病，白天没有什么痛苦，但是到了晚上就会发作。像这样的情况已经持续了一年，用尽了各种医药但病情一点儿都没好转。到了建中初年的时候，有一位擅长《周易》的人叫朱邯，他从外地回到豫章，途经童元范的家。朱邯就为童元范算了一卦，然后对童元范说："你在今天下午一点到三点的时候，准备好衣衫，在路边等着，到时会有一个人拿着弓箭路过，你如果能向这个人求助，就一定能治好你母亲的病，而且能消除生病的根源。"童元范依言而行，果然看到李楚宾拿着弯弓，骑着快马过来了。

　　童元范朝李楚宾揖拜并请他到自己家做客，李楚宾说："我今天早上还没有收获，你为什么要挽留我呢？"童元范将母亲生病请求医治的情况告诉了他，李楚宾就答应了此事。童元范准备了美味佳肴来招待李楚宾，李楚宾晚上就住在西边的廊房里。这天夜里月明如昼，李楚宾走出户外，看到天空中有一只大鸟飞到了童元范的堂屋上，用它的喙去啄屋顶。随即他就听到屋内传来叫声，声音显得非常痛苦难忍。李楚宾心里想到："这一定是妖魅。"于是弯弓朝大鸟射去，射了两支箭，全都射中了。大鸟受

伤后飞走了，堂屋中痛苦的叫声也停止了。到了早晨，李楚宾对童元范说："我昨天晚上已经为你的母亲除去了祸害。"于是李楚宾又和童元范绕着房屋四下搜索，结果什么都没看见，二人又来到一间破败的屋子中，里面堆着石碾石碓，还有两支箭，箭射中的地方都有血迹。童元范于是将这些都烧了，精怪也就没有了，母亲的病从此也好了。

河东街吏

原来是一只漆桶

开成年间，河东郡有一个小官吏，常在半夜里在街上巡逻。一天夜里，天气晴朗，明月高照，他来到景福寺前面，看到一个人俯身坐在地上，双臂抱着膝盖，身体都是黑色的，一动也不动。小官吏很害怕，就呵斥了这个人。这个人俯着身子，头也不抬。由于呵斥了很久也没反应，小官吏就击打了这个人的头，此人忽然抬起头，小官吏这才看到此人面貌非常怪异，有几尺高，面部发白但很瘦，形状非常可怕。小官吏吃了一惊，吓倒在地上，过了很久才慢慢地爬起来，等再去看的时候，此人已经不见了。小官吏因此更加害怕，骑上马跑回去了，将事情原原本本地告诉了其他人。

后来因为重新修建景福寺的大门，工人在挖地的时候挖到了一个漆桶，漆桶的身子埋在地下，有好几尺深，上面有白色的泥土捏成的脑袋，果然就是巡街的小官吏看到的样子。

姜修

陈年酒瓮的奇怪事

　　姜修是并州卖酒的，他生性不受拘检，嗜好饮酒，很少有清醒的时候，经常喜欢和人一起对饮。因为沉溺于酒，并州人都害怕他，有时他邀请别人饮酒，别人都唯恐避之不及，所以姜修很少有交往的朋友。

　　忽然有一位客人穿着黑色的衣服，戴着黑色的帽子，身高只有三尺，腰有好几围那么粗，前来拜访姜修并要求饮酒。姜修请他喝酒后，他非常高兴，于是两人促膝对酌。客人笑着说："我平生就爱喝酒，但遗憾的是我肚子中的酒经常装不满。如果我肚子装满了酒，我的内心就会安定快乐；如果装不满，那喝酒就没有什么意思了。你能容忍我长久地住在你们家吗？我曾经仰慕你高尚的义气，幸亏我们这些人值得相互等待啊。"

　　姜修说："您和我有相同的爱好，真可谓同道中人啊，我们应当心无芥蒂才对。"于是两人席地而饮，这位客人喝了将近三石的酒也没有醉，姜修非常惊讶，而且怀疑他是异人，于是起身揖拜，询问他乡里籍贯和姓名，又问他用什么方法可以喝更多的酒。客人说："我姓成，名叫德器，我的先辈大多住在郊野。我是因为偶然碰到造化的恩典，这才让我在当世效力。现在我已经老了，又得了道，我很能喝酒，如果我的肚子喝满的话，可以喝五石的酒，喝满之后，我的身体会稍微安稳一些。"

姜修听了这些话，又让拿酒来给他喝，一会儿客人就喝了五石。客人刚喝醉时，狂歌乱舞，自我感叹道："快乐啊，真是快乐！"于是倒在了地上。姜修以为他醉得太厉害了，让仆人把他扶到屋里。到了屋里客人忽然跳起来，大吃一惊地跑了出去。家人于是在后面追，看到客人撞在了石头上，发出不小的声响，然后就再也找不到了。众人到天亮一看，是一个使用了多年的酒瓮，已经摔破了。

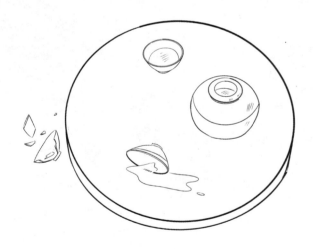

姚康成

铁铫子、破笛子与破扫帚的故事

太原的掌书记姚康成奉命到汧陇去，恰好遇到节度使之间交办事务，八个蕃部的使者来来回回，驿站里面都住满了人。姚康成于是向邢君牙借了旧房子来住，他设置好中堂，将其作为休息的地方。这个住宅废弃了很久，庭院中的树木森然可怕。姚康成白天参加公宴，晚上回来时已经喝醉了，第二天天亮他又出去了，并没有在此歇息。

一天夜里，姚康成从军城回来时稍微早了些，他和下属在一起赌博玩闹，所以他才没有喝醉。回来坐在堂中，姚康成命令沏茶，又召唤客人前来，客人却没有来的，于是他命令馆里的人拿酒来，将其赏赐给全部的仆人，以此慰劳他们道途中的辛勤劳苦。很快仆人都喝醉了，姚康成也去就寝。二更以后，月光皎洁如白练，姚康成披衣而起，到宅门外面散步，许久之后才回到院子里。姚康成远远地看见一个人到了一间廊房里，不久又听到几个人饮酒欢乐之声。姚康成于是蹑手蹑脚前去探听，听到了这些人在吟咏歌啸，但却不是他的仆人。

于是姚康成便坐在门的旁边伺机窥探，又听到有人说："你们都知道的，最近诗人的作品，全都在用力追求一时的精巧流丽。至于在作品中寄托感情、表达自我、体察物态、赋咏胸怀等，这些全都丢失了。"又有人说道："如今我们三人各写一篇，以此

取乐，可还行？"大家都说好。

于是看到一个人，身材细瘦但长得很黑，吟唱道："往日的炙手可热，只有自己知道；如今的无所作为，只因没有了烟火。可怜身居国柄，却完全没有发挥作用；但士人落第的模样，我也曾经看过。"

又看到另一个人，长得也很细瘦，面部发黄而且有很多疮孔，唱道："当年得意的时候，意气填满心胸；君王前吹奏一曲，价值可抵千金。今日却不如庭院中的竹子，风来的时候它们仍然可以学习龙的呻吟。"

又看到一个人身材矮胖，头发鬓角松开着垂下来，唱道："头发变焦鬓角变秃，但我真心尚存；往事不必再提，谁曾见我尽力扫除灰尘。请不要笑话如今的我，像是一堆腐烂的草根；但我也曾经，打扫过朱门权贵的庭院。"

姚康成不觉失声，对其诗歌大加赞美。于是推开门去寻求他们，但都没有找到。到天亮的时候，姚康成把小吏们找来询问，他们都说并没有这样的人。姚康成心里怀疑一定是鬼魅成精了，于是寻找它们在什么地方，这才看见仅有一个铁做的炊铫，一只破笛子，一个用秃了的扫帚而已。姚康成不愿意伤害它们，于是各自将它们埋在其他的地方。

马举

棋子棋盘成了精

　　马举在淮南镇守的时候，有人拿着一盘棋献给了他，棋子棋盘都是用珠玉装饰的，马举给了那人很多钱把棋盘收下了。几天以后这盘棋忽然不见了，马举让人去找但没找到，此时忽然有一个老人拄着拐杖来到门前，请求面见马举。老人谈论的大多是兵法，马举远远地坐着向老人询问，老人说："当今正是用兵的时候，主公您为何不寻求兵机和战术，用它来带您打仗、抵御仇寇呢？如果不这样，作为镇守一方的将领又有什么用呢？"

　　马举说："我忙于治理疲弱的百姓，没有闲暇的时间讲究兵机和战法。如今我很幸运，劳您屈尊前来看我，您有什么可以教我的吗？"老人说："兵法不可以废掉，废掉了就会发生动乱，动乱之后百姓就会疲弱。那时候再去治理疲弱的百姓就困难了，何不先来治兵呢？兵事治理好了以后，将帅就会精良，将帅精良了士卒就会勇敢。而且将帅的关键在于能够认识天道的虚盈，明白地势的向背，亲自冒着飞箭飞石，身陷锋利的刀刃阵。士卒的关键在于能够赴汤蹈火、出生入死，战斗的时候不往后跑，队伍整齐划一。如今您既然作为镇守一方的主帅，就应当有作为将帅的才能，不能旷废自己的职责啊。"

　　马举说："敢问作为将帅应该怎样做呢？"老人回答道："作为将帅，一定要先夺取胜利的地势，其次才是和敌军对战。使用

一兵一卒的时候，一定要思考到生死的关头；看见一条道路，一定要观察它的出口入口。至于冲击关卡、进入劫点这些虽然是军队中的小事，但也不能忘记。还有一些禁忌，比如有的将帅往往选择保住小的舍弃大的，急于杀敌但又屡次逃脱。占据险要的地形设置疑兵，它的妙处在于急速进攻，不可疑心过重而动作缓慢。如果局势一时之间难以决出胜负，地形险易的差距太大而无法前进时，要寻求退路来保存实力。屡次战胜后必然会有失败，在欺骗敌人的时候要非常谨慎。如果深谙此中的道理，做将帅的知识也就具备了。"

马举感到很惊奇，对老人说："先生是何人，为何您的学问如此深奥？"老人说："我是南山一个行将就木之人，从小就喜欢奇怪新异的东西，每个人都认为我怀中藏着像珠玉一样珍贵的智慧。我经历了多次的战争，所以识尽了兵家的事理。但是在乾坤之内，没有不衰败的事物，更何况这只是假借乌合的事体，它是最不牢固的，怎么可能会长久呢？我只是借此面谈的机会，说一说兵家主要的事理罢了，希望您能稍微留意一下。"于是匆忙告辞而去，马举坚决挽留老人，将其请到宾馆之中。到了夜里，马举又让左右的人召老人前来，众人看见房间里只有一副棋，恰好就是之前丢失的那一副。马举知道这是精怪所致，于是命令左右的人用古代的镜子照了照它，这副棋忽然跳了起来，掉到地上摔碎了，好像并不能变化。马举非常惊异，于是命人将其全部焚烧掉。

窦不疑

朝鬼射了三箭的勇士

武德年间，有位功臣叫窦不疑，他做了中郎将，后来告老还乡住在太原，他的住宅位于城北的阳曲县。窦不疑做人勇敢有胆量，年轻的时候崇尚侠客，经常和十几个人结伴而行，斗鸡走狗、赌博闲逛，掷骰子一次下注好几万，他们这伙人都是意气相投的。

太原东北方向几里的地方，道路上经常有鬼，其身高两丈，每当阴雨天昏黑之后就会出来，有人甚至被吓死。这些少年说："有谁胆敢朝道路上的鬼射一箭，我们就给他五千个铜钱。"其他人都没有说话，只有窦不疑请求前行，到天色昏暗时窦不疑就去了。众人说："这个人出城以后，要是偷偷地藏起来，然后骗我们说他在射鬼，这样的话还可信吗？我们为什么不暗地里跟着呢？"窦不疑已经到了鬼魅出现的地方，鬼正在路上行走。窦不疑追着鬼并向他射箭，鬼带着箭逃跑，窦不疑在后追击，一共射中了三支箭。直到看到鬼自己从岸上跳下来，窦不疑才回来。众人笑着前来迎接，对窦不疑说："我们怕你藏起来然后骗我们，所以秘密地跟随你，现在算是知道了你的胆量和力气。"于是把赏钱给了他，窦不疑把这钱全部拿出来和大伙喝酒。第二天众人前往射箭的岸边，找到了一个鬼魅形状的物体，身体是用树枝编的，它的身旁还有三支箭，从此以后道路边的鬼就再也没有出现过。

窦不疑也因此雄勇闻名，等他年老还乡时已经七十多岁了，

但精气神却没有衰落。一年冬天，窦不疑到阳曲去，和别人一起饮酒，喝到酣畅的时候要回去，主人苦苦挽留。窦不疑让仆人全部留下来喝酒，自己独自骑着马在天黑以后返回太原。阳曲离太原只不过九十里的路程，窦不疑快马加鞭往回赶。沿途经过古代的战场，到处都是狐狸和鬼火，更没有人住在这里。这天夜里窦不疑突然看到道路左右都变成了店铺，连绵不断。此时月光明亮，没有一点儿云彩，窦不疑感到非常奇怪。过了一会儿，店铺越来越多，其间的男男女女，有的在唱歌，有的在跳舞，他们在一起饮酒作乐，有些结伴跳着踢踏的舞蹈。有一百多个童子将窦不疑骑的马围住，一边踏着地一边唱歌，马也不能前进了。道旁有棵树，窦不疑把枝条折下来，用又长又大的枝条来击打他们。唱歌的童子这才走开，窦不疑得以继续前行。又来到一处旅店，看到两百多人，身材高大，服饰精美，他们上前将窦不疑围住，踏着地，唱着歌。窦不疑大怒，又用树条来击打他们，这些身材高大的人全都不见了。

　　窦不疑感到害怕了，因为他意识到这不是他应该看到的场景，于是他从道路上飞驰而去，打算投靠村中的旅店居住，忽然他来到一个有一百多户人家的地方，房屋都很高大。窦不疑敲了敲门，请求住在这里，但没有人回答。窦不疑即使用力叫喊和敲门，人还是不出来。村里有座庙，窦不疑走进去，将马拴在柱子上，自己坐在台阶上。当时朗月当空，夜晚还没过半，一位妇人穿着白色的衣服，画着漂亮的妆容，直接走过来向窦不疑拜了一拜。窦不疑问她为何如此，妇人说："我看见郎君你一人独居，所以前来和你做伴。"窦不疑问道："你丈夫是谁？"妇人说："你就是啊。"窦不疑知道她是鬼魅，击打了她，妇人这才离去。

房屋里面有张床，窦不疑便在此休息。忽然房梁上有东西掉到窦不疑的肚子上，有大盆那么大，窦不疑殴打此物，此物发出狗叫的声音，从床上掉下来，化为火人，有二尺多高，光明照耀，进入到墙壁中看不见了。窦不疑又走出门，骑着马离开了，到达树林里休息，直到天亮，他也没能走出这片树林，此时刚好碰到他的家人来找他，而窦不疑已经变得愚笨了，并且丧失了魂魄。家人将他带回去时，他还能述说当时的所见所闻。之后他病了一个多月，就去世了。

蔡四

人和鬼的友情没有走到最后

颍阳的蔡四，是一个文人。天宝初年，他住在陈留的浚仪，有一天正在吟咏的时候，一个鬼忽然来到他的坐榻前，时而向他询问书中的大义，时而和他一起欣赏诗歌。蔡氏问："你是何方的鬼神，为什么要到我家来？"鬼说："我姓王，是众鬼之中最大的，我是倾慕于你的才华和品德而来的。"蔡氏刚开始非常害怕，后来慢慢地就和他亲近了。每当这个鬼来的时候，二人经常以"王大""蔡氏"相称，一起说说笑笑，非常快乐。蔡氏的老朋友有一个小仆人，蔡氏见到鬼之后，尝试着让小仆人一同观看，小仆人听说此事后双腿直发抖，问蔡氏鬼的形状。蔡氏说："大鬼有一丈多高，其余的几个小鬼在后面。"

蔡氏后来又在宅院的西南角做了一个小木屋，在木屋外种上果树，等鬼来的时候对鬼说："人和鬼神不是一条路，这个你是知道的。昨天我给你造了一个小房子，你可以舒舒服服地住在里面。"鬼非常高兴，向主人表达了感谢。此后每当谈笑之后，鬼就到这间小屋子里休息，以此为常。

过了很久，鬼对蔡氏说："我现在要嫁女儿，需要借用你的住宅。"蔡氏不允许，说："我年迈的母亲还在家里，如果她沾染了鬼气，必定会过不安稳的，你应该到别处去请求。"鬼说："老夫人的房门只要关上就可以，我肯定不进去，我只借七天就行。"

蔡氏不得已，就把房屋借给了鬼，七天之后才又住进去，家里仍然很安稳，没有其他的事。后来过了几天，鬼又说要设斋，找蔡氏借吃饭的器皿和帐子、帘幕等。蔡氏说："我也不认识其他人，就把我的借给你吧。"蔡氏于是问鬼在什么地方设斋，鬼说："很近，就在繁台的北边。人世间的夜半，就是鬼设斋的时候。"蔡氏问："到时候我想去看看，可以吗？"鬼说："有什么不可以的？"蔡氏认为毕竟是要到有鬼的地方去，就让家人手里拿着千手千眼咒来辟邪。家人饮食起居如果是清净的，鬼就不会到来；如果饮食很丰富，吃带荤带血的东西，鬼就一定会到来。

因为蔡氏的家人要到鬼设斋的地方去，于是全都精心地念诵咒语，穿着崭新干净的衣服，乘着月色到繁台去了。远远望去，看到帐幕之中有很多的僧徒。蔡氏家人一起念着咒语向前逼近，看到鬼恐慌逃散，蔡氏家人就知道了鬼是怕人的，所以更加向前逼近。到了设斋的地方后，众鬼一下子全都散去了。那个叫王大的鬼和他的十几个随从向北逃跑了，蔡氏跟在后面，大概跟了五六里，来到一片墓地，众鬼不见了踪影，蔡氏做下标记后就回家了。第二天与家人前去查看，原来是一座废弃的墓地，坟墓中有几十件举行盟誓用的器皿，墓中最大的器皿，上面写着"王"字，蔡氏说："这大概就是王大了。"于是众人堆积柴木，燃起大火，把这些东西都烧了，鬼也随之灭绝了。

卢郁

会吞火的老婆婆

　　进士卢郁是河朔人，后来把家搬到了长安。他曾经到北方的燕赵游历，客居在内黄，当地的郡守把卢郁安排在廊房里。而在此之前，廊房里没有人居住过，到卢郁来的时候，他看到一个老婆婆，头发都白了。老婆婆有些驼背且身体肥胖，她穿着一件白色的衣服来到卢郁跟前，对他说："我侨居此地已经很久了，在此等候、拜谒您。"说完就告辞离开了。

　　这天夜里，卢郁独自一人待在堂前。夜晚寒潮到来，风雪来临，这位老婆婆又来了，对卢郁说："贵客您独居此地，又能用什么方式让自己欢乐呢？"卢郁让老婆婆坐下说前道后，老婆婆说道："我姓石，家住在华阴郡，后来跟着吕御史来到此处，将近有四十年了。家中贫穷凄苦，如今有幸得到您的哀怜。"于是卢郁摆下饭食，但老婆婆最终都没去看一眼。卢郁问道："老婆婆，您为什么不吃饭呢？"老婆婆说："我非常饥饿，但我不吃粟米这些粮食，因此才长寿而安适。"卢郁很好奇，听说以后很高兴，认为老婆婆是有道术的人，于是就问道："老婆婆，您既然不吃粟米，那用什么来填饱肚子呢？难道经常吃一些仙药吗？"老婆婆说："我的家在华阴，祖先喜欢神仙道术，在太华山之下结庐而居，我也经常在山中隐居，跟从道士学习长生的法术。道士教会了我吞火，从此以后就不再吃粮食，如今我已经九十岁了，一天也没有得过寒暑的疾病。"卢郁

又问道："我早年曾经遇到过真人，教我吸气的方法，自己也感到很奇妙。后来我被名利驱使，跟随各个邦国进贡奔走，白天不停奔波，夜晚才得以休息。没想到今天晚上遇到婆婆您，刚才谈论的都是我平生所爱好的，但我不知晓的是，难道吞火也符合神仙的意旨吗？"老婆婆说："您难道没有听说过神人是寒暑所不能侵害的吗？进入火中，大火不能将其焚烧；进入水中，大水不能将其淹没。照这样说，吞火本来也是合情合理的啊。"

卢郁说："我想要看看老婆婆您是怎样吞火的，可以吗？"老婆婆说："那有什么不可以？"于是老婆婆用手把火炉中的火拿出来吞了下去，火快要烧完的时候也面不改色。卢郁既感到惊骇又觉得怪异，于是起身将衣带束好对老婆婆拜了两拜，饱含歉意地说道："我是生活在鄙陋偏僻之地的野人，没有听说过神仙之事。今天晚上遇到了仙人，您又为我展示了吞火的奇异之事，实在是我平生没有听闻的。"老婆婆说："这些都是小法术而已，没什么大不了的。"说完，她起身告辞，卢郁走下台阶送老婆婆离开。

送别之后，卢郁就来到寝室睡下了。夜深的时候，有仆人告诉卢郁说，西边的廊房下有火烧了起来。卢郁惊起并前去查看，此时廊房已经被烧了。于是乡里的父老全都过来用水灭火，到天亮的时候火才被灭掉。众人在寻找着火点时，在长廊的下坎中间找到一个引火的石火通，里面还有很多火。之前有一些腐烂的草覆盖在石火通上面，因此才顺着烧了起来。卢郁这才明白原来老婆婆就是这个石火通，所以她才说自己姓石，居住在华山。卢郁于是打听了吕御史的情况，有一个邵中的老官吏对卢郁说："吕御史是魏氏的副官，到现在为止，居住在这个宅子里差不多四十年了。"这些都和老婆婆说的一样。

卷五

幻术再生

客隐游

坐在木雁上飞翔

魏国的安釐王看到飞翔的大雁，心里感到一阵愉快，说："我如果能像大雁那样飞翔，就会把天下看得如同草芥一般轻微。"他的门客中有一个叫隐游的人听说之后，用木头制作了一只大雁，将其献给了魏王。魏王说："这属于有实际形体但没有实际用处的物品。制作没有用的东西，是这个世上的奸民。"魏王于是将隐游召唤到跟前，将要对其施加刑罚。隐游说："大王啊，您仅知道有用的用处，但您尚未领悟到无用的用处。现在请允许我为大王您演示飞翔的技术。"隐游于是取来木制的大雁骑在上面翩翩飞去，不知道飞去了哪里。

周眕奴

活人变老虎

    魏国时，住在寻阳县的北山之中的蛮夷之人拥有法术，能让人变成老虎，毛色、爪子、身体全都和真老虎一样。乡人周眕有一位仆人，这天周眕让仆人上山砍柴。仆人有妻子和妹妹，和他一道同行。到了山里之后，仆人对二人说："你们暂且到高树上去，我想要做点事给你们看。"二人听从了他的话，到了草树丛中。过了一会儿，一只黄斑大老虎从长满草的山中吼叫着出来了，非常可怕，二人都被吓坏了。过了很久，大老虎又转入草丛之中，变成奴仆的形状。仆人对二人说："回家以后千万不要告诉别人。"

    后来二人向同辈的人提及了此事，周眕听说以后便很快免除了此人的奴仆身份，拿出好酒让他喝得大醉。周眕命人解开这位仆人的衣服，将其身体仔仔细细检查了一遍，没有发现任何不同。只在他发髻中发现一张纸，纸上画着老虎，老虎旁边还有符咒。周眕偷偷地将纸取下，把符咒抄录了下来。仆人酒醒之后，周眕向他询问此事。仆人知道事情已经败露，便将此事说了出来："我曾经到蛮夷地区买米，用三尺布、一斗米、一只鸡、一斗酒学会了这种法术。"

赵侯

审问偷吃白米的老鼠

晋代的赵侯在年轻的时候就喜欢道术，他的外表憔悴而丑陋，身高还没有几尺。他用盆盛水来施展法术，可以立刻看到里面的鱼和龙。赵侯有白米，被老鼠偷吃了。赵侯于是披头散发，手拿着刀，画了一个地狱，四面都有门。赵侯朝着门呼啸，众多老鼠都来到地狱中，赵侯念出咒语，说："只要没有偷吃白米，就可以走出去，偷吃白米的留下来。"有十几只老鼠停了下来，人们剖开老鼠的肚子查看，白米还在里面。赵侯还曾经光着脚，在等鞋子穿，他仰起头微微吟咏，一双鞋子自己就来了。

天竺胡人

会变魔术的天竺人

晋代永嘉年间，有一位天竺的胡人来到江南，他拥有奇异的幻术，能够将舌头割掉并吐火，所到之处人们聚集在一起观看。在割舌之前，他先把舌头吐出来让众人看一下，然后用刀割掉，血流遍地，又把割掉的舌头放在器皿中燃烧，传递给众人观看。众人看到时，还有一半的舌头在里面。胡人紧接着把舌头拿出来再接上，没多久就和之前的一样了，看不出来到底是断了还是没断。

这位胡人还曾经取出绢帛布匹，和另外的一个人各拿一头，从中间剪断，然后再把断的两头接起来，绢布仍然连续成之前的一个整体。他又拿出书、纸以及绳子、丝线之类，将其投入火中，众人眼看这些东西都已经烧成灰烬了，但把灰拨开，将这些东西拿出来时，还是以前的那些东西，一点没有被烧过的痕迹。

李俄

生死簿也有错误

汉代末年，武陵有位妇女叫李俄，有六十岁，病死之后被埋在城外已经半个月了。李俄的邻居有一个叫蔡仲的，听说李俄家境富裕，就将其坟墓挖开，想要寻找金子。蔡氏用斧头将棺木剖开，李俄突然在棺木中喊道："蔡仲，保护好我的头。"蔡仲受到惊吓就逃走了，后来蔡仲被县里的官吏抓住，要斩首示众。李俄的儿子听说他母亲活了过来，便来到坟前迎接并将母亲救了出来。

太守将李俄喊来问话，李俄答道："我被地府的司命错收了，到了地府之后又被遣送回来。"李俄刚出地府大门，就碰到了她的内兄刘文伯，二人吃惊地相对而泣。李俄说："我被错误地召唤到地府，现在要回到人间。我不知道回去的路，也不能一人独行，你替我找一个同行的人，我在这里已经待了十几天了，已经被家人埋葬了，又怎么能够自己回去呢？"刘文伯随即派遣门卒告诉地府中管理户口的官吏。官吏回答道："如今在武陵的西边，有一个叫李黑的男子，他也应该回到人间，你可与他结伴而行。"于是这位官吏又让李黑路过李俄的邻居蔡仲家，借蔡仲之手把棺木打开。刘文伯又写信给他的儿子告知此事，李俄便与李黑一起回到了人间。太守听说这件事以后，随即赦免了蔡仲，又派遣骑兵到武陵的西边去询问李黑，李黑所述与李俄相同。至于刘文伯写给儿子那封书信，他儿子认得这张纸，是父亲去世时箱子中的一封信。

宋子贤

神奇的魔镜

　　隋炀帝大业九年（613年）的时候，唐县有个叫宋子贤的人善于表演幻术。每天夜晚他的楼上都有光亮，他能够变化成佛的样子，所以自称是弥勒佛出世，他又在厅堂之中悬挂一面镜子，反射到墙壁上全都是野兽的形状。有人前来拜谒，他就把镜子转过来让拜访者看一看自己来生的影像，有些人的影像是蛇和兽类。宋子贤就告诉他："这是由于你今世罪孽深重，你应当虔诚礼佛，心存善念。"当来者再次祈祷之后，镜子里就会转出人的样子。远近的人都被宋子贤迷惑了，相信了他，聚集了成百上千人。宋子贤于是暗暗地想乘机作乱，结果谋反的事情泄露了，官军前来追捕。到了晚上官兵将宋子贤的住处包围，但官兵们只见到一个火坑，都不敢前进。将军说："这地方平时没有坑，这不过是妄诞的妖术罢了。"官兵进入宋子贤住所的时候，发现没有火，于是将宋子贤抓住斩首了。

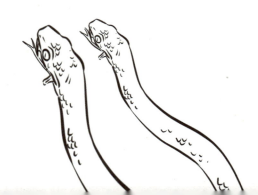

胡媚儿

装不满的瓶子

　　唐代贞观、开元年间，扬州的坊市间有一位依靠表演幻术来行乞的女人，不知道她从哪里来的，自称姓胡，叫媚儿，行为非常怪异。不到一个月，前来观看表演的人慢慢地都聚集了起来，她每天通过表演幻术得来的钱就有成千上万。

　　有一天，她从怀中拿出一个无色透明的玻璃瓶子，大约有半升的容量。胡媚儿把它放在席子上，对观看的人说："如果有人施舍我，把这个瓶子装满，我也就满足了。"瓶口一开始只有芦苇管那么大。有人给了一百个铜钱，投到瓶子里时铮铮有声，而瓶子里的钱看起来就跟小米粒一样大，众人都很诧异。又有人给了一千个铜钱，投进去之后和之前一样。又有人给了一万个铜钱，还是跟之前一样。过了一会儿，有一个好事者，给了她十万一直到二十万，也都和之前一样。有的人将马、驴放到瓶子中，结果驴马都像苍蝇那样大，行走起来与平时没有区别。

　　过了一会儿，过来一队从扬州官府来的押送税收的车队，带着载重较轻的几十辆车子经过，也停下来观看。押送的人认为即使车队进入到瓶子里，胡媚儿也不可能把这些货物带到别处去，而且这些都是官家的财物，没有什么好顾虑的。于是押送的人就对胡媚儿说："你能让这些车子都到瓶子中去吗？"胡媚儿说："只要你允许的话，就可以。"押送的人说："你姑且试一试。"

胡媚儿将瓶口稍微倾侧一下，大喝一声，这些车辆就络绎不断地都到了瓶子中，在瓶子中历历可数，就像是行走的蚂蚁一样。过了一会儿，这些财物就都看不见了，胡媚儿随即也跳入到瓶子中去。押送的人大吃一惊，立即将瓶子拿过来摔碎，试图寻找里面的车队和货物，结果一无所有。从此以后就不知道胡媚儿到哪里去了。后来过了一个多月，有人在清河县的北边碰到了胡媚儿，带领着一众车队向东平方向走去。

中部民

得罪了会易容术的人

唐代元和初年，天水郡有个叫赵云的人，他在鄜州边界游玩的时候路过了中部县，县里的僚属正在举办宴会。有官吏抓来一个人，这个人的罪不是很重，僚属就想放了他。赵云喝醉了，坚持劝这些僚属将刑罚加重，于是这个人被狠狠打了一顿。过了几个月之后，赵云到了塞外，走到芦子关的时候碰到了一个人，二人相谈甚欢。傍晚此人邀请赵云从大路上走下来，到自己的家里做客。在距离大路几里的地方，这个人命令家人将酒拿来，二人坐下对酌。过了一会儿，这个人问道："你还认得我吗？"赵云说："我从没有来过此地，实在不认识你。"这个人又说："之前的某月某日，我在中部县碰到你，结果就遭了横罪，我和你平日无冤无仇的，你为什么要劝那些官僚狠狠地惩罚我？"赵云于是赶快起身道歉，这个人说："我等你很久了，没想到在这里可以一雪我之前小小的耻辱。"

于是此人命令左右的人将赵云拖到一间房屋里，屋子里有个深达三丈多的大坑，坑中只贮存着十斛的酒糟。赵云饿了就吃酒糟，渴了就喝酒水，于是昏昏沉沉地过了将近一个月，赵云才被绑着拽了出来。此人又命令他的仆人将赵云的鼻子、额头按一按，又将赵云手脚的关节扭一扭，改变了它们原本的形状。此人又将赵云提到风中，赵云的身体很快就僵硬了，声音也改变了。于是

此人将赵云当作低贱的奴隶来使用，让他在乌延的驿站中干杂活。

　　过了很多年，赵云的弟弟做了御史，刚好来审问灵州的狱囚，赵云于是写信将之前的事告诉了他弟弟。他的弟弟禀报给了观察使李铭，于是官府发兵前去讨伐，将奸人全部抓起来灭了。这个人在临刑的时候并没有隐瞒自己的身世，说道："我们像这样给别人易容的事，前后相传已经有好几代人了。"

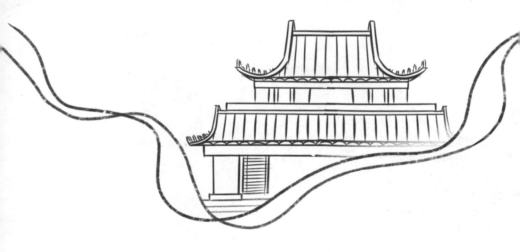

画工

从画中走下来的美人

　　唐代的进士赵颜，在画师那里得到了一幅软的屏风，画中有一位女子非常漂亮。赵颜对画师说："世上可没有这样的美人啊！如何才能让她活过来呢？我愿意娶她为妻。"画师说："这是我神来之笔的画作啊，画中的人也有名字，她叫真真。你昼夜不停地呼喊她的名字，喊上一百天，她必然答应你。当她答应你的时候，你将一百户人家的彩灰酒灌到她口中，她必定会活过来。"

　　赵颜按画师的话去做，昼夜不停地喊了一百天，真真果然答应了一声。赵颜赶忙将彩灰酒灌入其口中，真真于是就活了过来，从画中笑着走了下来，她的饮食也和常人一样。真真说道："感谢你召唤我，我愿意嫁给你。"过了一年，真真生了一个儿子。在这个小孩子两岁的时候，赵颜的朋友说："这个女子必定是妖怪，她会给你带来祸患的，我有一把神剑，你可以杀了她。"当天晚上，友人就把宝剑给了赵颜，赵颜刚把剑拿到屋子里，真真就哭着说："我是南岳衡山的地仙，不知为什么被人画了我的容貌，你又喊了我的名字。我既然没有让你的意愿落空，你为何又怀疑我呢？我不能在这里居住了。"说完就带着她的儿子走到了软屏风里，将之前喝下的彩灰酒吐了出来。赵颜看了看屏风，和之前的画没有区别，只是多了一个小孩子。

侯元

学会了法术也不能胡作非为

　　侯元是上党郡铜鞮县山村里的樵夫，他家里很贫穷，仅仅依靠砍柴为生。唐代乾符己亥（879 年）这一年，他在铜鞮县西北的山中砍柴，回到山谷的入口休息时，旁边有一块大石头嵬然矗立，就像一间大房子一样。侯元对着大石头叹息，怨恨自己劳苦的生活。叹息之声还没结束，大石头豁然打开，像有个洞穴一样，里面有一位老人，穿着带羽毛的服装，戴着黑色的帽子，胡须头发像秋霜一样洁白，老人拿着一根拐杖从石洞中走出来。侯元见了非常惊讶，连忙起身到跟前揖拜。老人说："我是神君。你有哪些不满足的，自然可以在我的法术中获取，你跟着我就行了。"老人再一次进入石洞中，侯元在后面跟着。走了几十步之后，一片豁然开朗，田亩像磨刀石一样平整，此时还有很多的奇花香草。二人又走了几里路，路过一条横着的小溪，溪水碧绿而湍急，从苔藓上流过，有鸳鸯和众多水鸟在小溪中嬉戏。溪水的上面有一座长桥，就像雨过天晴的彩虹一样。二人路过小溪的北边，左右都是高大的松树和修长的竹子。高大的门楣上刷着红漆，台阶亭榭一重又一重。

　　老人把侯元引到别的院子里，让他坐在小亭子上，亭子的檐角、屋楹以及台阶等，都装饰着珍奇宝物，光彩焕然。到吃饭劝酒的时候，这些美酒佳肴都是侯元平生所没有见过的。吃完饭后，

老人退了下去。过了一会儿，两名童子向侯元行揖拜之礼，并引导他到了一处旁边的屋子，给他准备热水洗澡，并拿来一件新衣服。侯元沐浴更衣之后，仆人再次引导他来到亭子上。老人走了出来，让仆人在地上铺设干净的席子，让侯元跪在席子上。然后老人把几万字的秘诀传授给了侯元，都是一些变化隐身的法术。侯元平日里非常愚蠢，此时听过之后竟然不再忘记。老人告诫他说："你虽然有些许福分，本来也应该凭借这些法术让自己更进一步，但你的面部还有丧败之气没有祛除干净，你应该谨慎地固守这个秘密。如果你想靠这个图谋不轨，一定会惹祸丧生的。你暂且回家，好好地思量。如果想来拜谒我，只要敲击大石头的中心，就会有人答应。侯元于是拜谢而去，老人又让一位小童子送他出门。刚走出洞穴，大石头就像之前那样合上了，侯元寻找自己砍的柴，发现已经不见了。

回到家里，他的父母兄弟惊喜地说："你走了一个月，我们都以为你被虎狼吃掉了。"但侯元在石洞中好像只过了一天而已。家人又惊讶于他的服饰过于华丽整洁，神态气质也变得激扬起来。侯元知道隐瞒不了，于是就对家人说了原委，然后自己到了一间安静的石室，在那里练习法术。过了一个月，法术就练成了，能够变化各种物体，也可以使唤鬼魅，甚至草木土石都可以变成骑兵甲士。于是侯元将乡里勇敢的少年全部收入麾下，成为自己的将士，每次进出都要有车马羽盖、击鼓吹奏这些仪仗陪伴，跟各个国家的仪仗队差不多。侯元自称贤人圣人，设置的官职有三老、左右弼、左右将军等名号。每到初一、十五，一定穿着盛装去拜谒神君。神君总是劝他不要举兵造反，要等待上天答应才行。到了庚子这一年，侯元聚集的士兵有几千人。县衙害怕他发动兵变，就将此事禀报了上级。上党郡的将帅高氏很快派遣军队前去讨伐，侯元快马加鞭去拜谒神君，请示他的命令。神君说："既然告诉了我，你就要偃旗息鼓，以此回应官兵。对方知道你有如此强大的兵威，必定不敢前来攻击。记清楚，切勿轻易交战。"侯元虽然唯唯诺诺，心里却在想：我用奇特的法术来制止官兵，那可是绰绰有余，况且小的军队都不能抵抗，以后大部队来了又该怎么办呢？而且还会在众人面前显得自己不勇武。

回家以后，侯元命令他的党羽戒严。这天夜里，上党军队在距离侯元所据险要之地三十里的地方，看到步兵、骑兵带着武器布满山谷，感到非常为难，于是官兵摆好方阵向前进攻。侯元带领一千多人冲了过去，先打了胜仗，后来又被打败了。侯元打仗前喝醉了，因此被抓。押送到上党以后，官兵将其关押在官府的囚牢中，派兵在四周严加看守。第二天官兵前去查看枷锁，只有灯台在那儿，侯元却没了踪影。到半夜的时候，侯元已经到了铜鞮县，去拜谒神君并谢罪。神君生气地说道："凡庸的奴才啊，你最终还是违背了我的教导，今天虽然侥幸得免，但斧钺之诛马上就要来了，你不再是我的徒弟了！"说完神君头也不回地走了。侯元只好失落地走了出来。

后来侯元再来拜谒神君时，虔诚地叩门，大石头也不打开了，而他的法术也在逐渐地消失，但仍然被他的党羽称道。这年秋天，侯元率领他的信徒到并州的大山谷里掠夺，此时并州的骑兵恰好赶来，将他们包围了好几重。侯元的法术已经不再灵验，于是就在阵间被官兵斩首了，他的党羽也四散而去，回到了各自的家乡。

郑会

保护乡亲的好儿郎

　　郑会是荥阳人氏，家住在渭南，他小的时候就凭借力气大而闻名四方。唐代天宝末年安禄山反叛，所在之处盗贼蜂起，人们大多聚集在州县里。郑会觉得自己力气大，仍然在村庄里居住，亲戚族人前来依靠的人很多。郑会经常骑着一匹马，到四周远一点的地方侦探贼人的动静，就这样连续过了好几个月。之后突然连续五天没有回家，家人忧虑发愁，但因为害怕碰到贼人打劫，也不敢外出去寻找。有天，郑会家的树上，突然发出灵异的语音，在喊"阿奶"。"阿奶"就是郑会妻子的乳母。家人非常害怕，四处躲藏。树上的声音又说："阿奶，你不认识我郑会了吗？前段时间我去打探贼人的消息，和贼人正面相遇，因为寡不敌众，被贼人杀害了。我命不该死，屡次向阴间的官员申诉，如今已允许我重生。我的尸体在村庄北面五里的道路边水沟中，你们可以拿着火把，带着我的衣服去将我带回来。"家人听从他的话，在水沟中找到了尸体，却发现头找不到了。又听到一个声音说："你们往北走一百多步，在桑树根下面就可以找到我的头了。你们回家后用榖树皮做线，将我的头和身体缝起来。我的魂魄就不再过来了，你们要多加努力不要出现差错。"说完，这个声音变成了鬼的呼啸，就离开了。家人回到屋里，按照交代将头和身体缝合后，郑会的身体逐渐温暖起来，过了几天眼睛就可以看到东西了。

然后家人经常往他的口中灌一些米汤，一百天之后郑会就变得和
常人一样了。

孔恪

糊涂的判官其实也不糊涂

　　唐代武德年间，遂州总管府的记室参军孔恪得了暴病而死，一天之后他又苏醒过来向人们陈述道：他自己被收捕到阴曹地府之中，地府的判官问他为何杀死两头牛。孔恪说，我没有杀。判官说："你的弟弟证实你杀了，你为何不承认？"于是判官将孔恪的弟弟喊过来，他的弟弟已经死了好几年了。弟弟来到面前的时候，身上戴了很厚重的枷锁。判官问道："你来说一说你哥哥杀牛这件事的来龙去脉。"孔恪的弟弟说："我哥哥之前奉命招安慰问那些蛮夷的盗贼，让我杀牛设宴，我其实是奉哥哥之命，并不是自己要杀牛的。"孔恪说："我让弟弟杀牛设宴是事实，但这是国家的事务，我孔恪又有何罪？"判官说："你杀牛，与蛮夷相会，把招安慰问作为自己的功劳，以此来请求官府赏赐，将此作为自己的利益，又怎么说是国事呢？"于是判官对孔恪的弟弟说："你因为要证明你哥哥的罪过才久留此地，你哥哥已经因为杀生被遣送于此，你就没有了罪过，可以让你起死回生了。"说话间，弟弟就不见了，兄弟之间也没能一叙旧情。

　　判官又问孔恪："你为什么又杀了两只鸭子？"孔恪说："前任的县令，杀了鸭子招待客人，这难道是我孔恪的罪过？"判官说："招待客人本来就有相应的食物，还要杀鸭子来款待，这是为了博取好的名声，这不是你的罪是什么？"又问道："你为什么又杀死六枚鸡蛋？”孔恪回答道："我平生就不吃鸡蛋，只记得我九岁那年，寒食节的时候母亲给了我六枚鸡蛋，于是我就把鸡蛋煮吃了。"判官说："你这是想把罪过推给你的母亲啊。"孔恪说："不敢，我只是把前因后果说清而已。"判官说："你杀害了其他的生命，现在你要承受罪过。"说完，忽然有几十个人来抓孔恪，要将他带出去。孔恪大喊道："官府也太冤枉人了。"

判官听到后，把孔恪又喊了回来，问道："为什么说我们冤枉人呢？"孔恪说："我有生以来的罪过没有一点儿被遗漏，而我活着时修来的福报，却一点儿也没有被记录，这难道不是冤枉吗？"判官向主司询问孔恪有什么福报，为什么没有被记录。主司回答说："福报当然会被记录，但也会计算罪恶的多与少。如果福禄多、罪过少，就先让他享受福禄；如果罪过多、福禄少，就先让他承受罪过。但孔恪的福禄少而罪过多，所以没有讨论他的福禄。"判官发怒道："即便他要先承受罪过，为什么不将他的福禄一并报上来展示呢？"于是命令将主司鞭打了一百下，很快就鞭打完了，打得血流遍地。然后主司唱报了孔恪所修的福报，也没有任何遗漏。判官对孔恪说："你应该先受罪，我让你先回去待上七天，你可以在这个时候好好地追求福报。"判官于是派人将孔恪遣送回去，孔恪就苏醒了过来。之后，孔恪将僧人、尼姑聚集起来举行大会，广布道法，进行忏悔。到第七天的时候，孔恪和家人诀别，不久就命终而死。

郜澄

回人间的艰辛路

　　郜澄是京城郊区的武功县人，曾经因科举考试来到洛阳。郜澄骑着驴子走在槐树下，遇到一个自称善于看手相的老婆婆，老婆婆请求为郜澄看手相。郜澄刚开始很厌恶这件事，老婆婆就说："我们都闲着没事，看看手相又有何妨？"郜澄坐在驴背上，将手递给老婆婆。老婆婆看了后，对郜澄说："你住在哪里啊？离这远不远？你赶快回家吧，不出十日你就要死了。"郜澄听了以后很害怕，请求老婆婆帮忙化解此事，老婆婆说："你给监狱里的犯人施舍点儿吃的，或许可以获得好的福气，得到一些帮助。不然的话，你肯定免不了此祸。"郜澄就听从了老婆婆的话，到集市买了一些粮食施舍给监狱里的犯人。做完这些之后，郜澄去见老婆婆，老婆婆让他赶快回家，郜澄便动身回家了。

　　过了约莫一天，郜澄的身体仍然无灾无病，他心里很高兴，于是脱下布衫走出门，忽然看到有十几个人拜倒在路的左边，郜澄问他们这是为何。这些人回答道："我们是神山的百姓，听说你做了县令，因此前来迎接你。"郜澄说："我还没有经过吏部的铨选，怎么可能做这个官呢？"过了一会儿，有人策马前来，有人拿着绿衫前来。郜澄不得已，只好穿上绿衫骑着马，跟着他们去了。走了十里路，有一个身穿碧衫的小官吏下马前来揖拜，郜澄向他询问情况，他回答说："我是慈州的博士，听说你刚刚

做了长史的官，因此前来远迎。"于是把自己乘坐的马匹给了郜澄，自己骑着小毛驴跟在后面，走了大概二十里路，博士忽然将郜澄骑的马夺过来，郜澄问他为什么之前不辞辛劳地远迎，现在又如此无礼。博士笑着说："你是新死的鬼，是官家把你抓来的，你怎么会当上官呢？"

这些人驱赶郜澄蹚过河水，水的西边有一座大宅院，形状像是官府，门额上写着"中丞理冤屈院"。郜澄便大喊冤屈，中丞派人来问："你有何冤屈？"郜澄回答道："我阳寿未尽，而且你们来抓我时也没有符命，我是被这些小鬼错抓了的。"中丞问他是否有状纸，郜澄说："我仓促之间被抓来，着实没有状纸。"中丞给了郜澄纸笔，让他将状纸写好，然后再检查判案。旁边有一人拿着写好的状纸将要到内房查验生死簿，此人走到中丞身后，举起一只手，示意索要贿赂五十万，郜澄远远地答应了。此人从内房出来后，说："我检查过了，这个人是错抓来的，他的阳寿确实未尽。"中丞于是判郜澄回到人间，又让检录的这个人领着郜澄去见通判，到了通判的厅堂上，看到一个由僧人抚养的年轻胡儿，头上戴着毡帽，穿着鹿皮做的靴子，正在厅堂上玩着打叶钱的游戏，于是这个检录的人让胡儿进去通报，让他这样转告："有一个中丞的亲人，让你放回人间。"胡儿拿着案卷进去后，通判依例签批了。于是众人出来，再次回到通判的门前，看门的小鬼向郜澄索要钱财，领路的人说："这位是中丞的亲人，你们这些小鬼胆敢索要钱财！"

众人回去后将此事回禀了中丞，中丞让把郜澄送出阴间。郜澄却不知要往哪儿走，就在大街上徘徊，忽然看到了他的妹夫裴氏带着一千多人在西山打猎，裴氏惊喜地问郜澄怎么会在这里。

郜澄将前后来历一一述说，裴氏说："你如果不是碰到我，你就变成闲鬼了，就算三五百年，你也改变不了这个状况，那将是多么痛心啊！"当时地府的大门口有租借驴子的，裴氏叫来一个赶毛驴的小男孩儿，让他将郜澄送回家，自己又拿出两万五千钱给这个小男孩儿。郜澄能够回家了，心里很高兴，走了五六里路，驴子体力虚弱，走不动了，天色又晚了下来，郜澄怕回不到家。小男孩儿在驴子后面一百步远的地方唱歌，郜澄大声呼喊他，小男孩儿跑过来用木棍击打了驴子。郜澄吃了一惊，掉在地上，于是就活过来了。

许琛

在乌鸦国办事也要钱

    王潜主政江陵的时候，让厅院里负责文书抄写的许琛值夜班。二更以后许琛暴病而亡，到五更的时候又醒过来了，并对他的同僚说了这样的故事：许琛刚开始看到两个穿黄色衣衫的人，急急忙忙地把他喊出院门，他就被带走了。他们往北方大概行走了六七十里，到了一片荆棘丛生的地方，那里有一条略微能辨认出来的小路。过了一小会儿，许琛来到了一扇有木闩的大门前。大门高度和宽度各有三丈多，门楣上用大字写着"鸦鸣国"。二人随即带领许琛从这个门进去。门里面是一片惨凄的气象，就好像人世间黄昏以后的样子。这里也没有城墙和房屋，只有几万株古老的槐树，树上一群群乌鸦在聒噪，虽然近在咫尺，但也听不到人的声音。像这样又走了四五十里，才走过这片槐树林。二人又将许琛领到一处城墙边，官曹衙门非常雄伟，也非常肃静。

    二人将许琛领到一旁，向主官禀报说："已经把抓乌鸦的人追捕到了。"大厅上有一个穿着紫衣的官员，坐在案头问许琛："你知道怎么抓乌鸦？"许琛随即申诉道："我和父兄、子弟们从小就住在官家大院里，靠处理公文生活，实在不靠抓乌鸦为生。"官员顿时大怒，对二人说："你们怎么可以随便抓人？"这两个小官吏惊恐认罪，说："确实抓错了。"官员回过头来对许琛说："现在就把你放回人间。"

　　在官员所坐床榻的东边，还有一位穿紫衣的人，身材高大，黑色面皮，用棉布裹着头，好像是受伤了，他面朝西坐在大绳床上，回头看了一眼许琛，然后对刚才这位值班的主官说："我要和这个人说几句话。"随即此人靠近低一层次的台阶，把许琛喊过来，说："你难道不是马上要回到人间的吗？你见到王仆射之后替我传个话，就说：'武相公让我传话给你，你每次惠赐他的钱和物，他既感动又惭愧，但你送的钱和物都碎掉了，不好使用。他现在有事，急切需要五万张纸钱，希望你给他烧好一点儿的纸，烧的时候不要让别人碰到，这样烧过来的钱就是完整的了，而且不久他就要和你相见了。'"许琛答应了他的请求。

　　许琛走出门外，又见到原来的两个人领他回人间，二人说："是我们错误地把你追捕了过来，你几乎都逃脱不了的，但你也应该很高兴，因为你可以从其他的道路回到人间。"许琛问道："鸦鸣国周围有好几百里，日月的光亮照不到这里，整天都是一片昏暗，这该怎么办呢？"二人回答道："这里一般是通过乌鸦的叫声来判断昼夜，它们虽然都是禽鸟，但也有贬谪和惩罚。阳数已尽的人也要把他们抓过来，在这里预备鸣叫。"许琛又问："鸦鸣国里大片的空地是干什么用的呢？"二人回答道："人死了就会变成鬼，鬼也会死的，如果没有这些空地，怎么处理这些

死掉的鬼呢？"

　　刚开始，许琛死的时候，王潜已经听说了此事。许琛苏醒过来之后，有人再次禀报了王潜。王潜询问了其中的缘故，许琛将自己的所见所闻一一陈述。王潜听说之后，对不久与武相公相见的话非常忌讳，但询问了外貌形状之后，才知道真的是武相公。王潜与武相公平时关系就好，他每次做官都是武相公提拔的，所以经常在月末和年终的时候烧些纸钱作为回报。因此王潜觉得许琛的话是可信的，于是按照武相公的请求，买了十万张质量好的藤纸烧给他。许琛的邻居有个和他同名同姓的，在这天晚上五更时暴病而死。这件事发生在大和二年（828年）四月，到大和三年（829年）正月的时候，王潜也死去了。

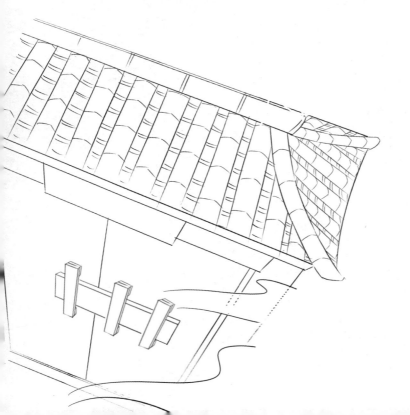

陈龟范

不愿意回到阳间的人

　　陈龟范是明州人，曾在扬州客居游玩，替赞善大夫马潜做事。一天晚上陈龟范暴病而死，他死后来到一处官府，只见一位官员正在检查文牒，说："我要追捕的人是陈龟谋，你们为什么把陈龟范抓来了呢？"陈龟范回答道："我原本就叫陈龟谋，最近在赞善大夫马潜家做事，马氏的家讳是'言'字，所以我将姓名改了一个字。"地府的官员说："把明州这个地方的生死簿拿来。"过了一会儿，一个小官吏把生死簿拿来了，一看，此人就是陈龟谋本人。地府的官员把陈龟范引到地府之前，有官吏对他说："刚才有人告你，现在原告已经撤诉了，你可以回到阳间了。"陈龟范说："我平生经历了太多的灾难，贫苦的滋味是尝够了。而且人早晚都是要死的，我现在既然来了，就不想回去了。"地府的官吏一定要把他送回人间，陈龟范问："要是这样的话，我想知道以后我是贫穷还是通达？"地府的官吏查看了簿录之后说道："你以后的日子会过得很好，虽然没有大富大贵，但总归是不缺官做。"陈龟范又问自己的寿命是多少，地府的官吏说："这个不能告诉你。"陈龟范又问自己将来死在哪里，官吏回答道："不在扬州，也不在鄂州。"地府的官吏将陈龟范送到家以后，他就苏醒了过来。后来马潜在两个地方做郡守，对陈龟范非常器重，马潜死了以后，陈龟范回到扬州，又奉使前往鄂州，回来以后，死在了彭泽县。

卷六

狼妖狐魅

冀州刺史子

贪恋美色而命丧狼口

唐代的冀州刺史有个儿子，传说故事的人忘记了他的姓名。起初，他的父亲让他到京城去请求改任，刺史的儿子在前去的路上，还没有走出冀州境界，看到一户贵人的家里宾客很多，其中有一位容貌美丽的女子，刺史的儿子非常高兴并前去询问。女子的家人非常吃惊，一位老婢说："你是什么人，敢如此狂妄！这是我们幽州庐长史家的娘子，她的丈夫最近死了，现在要回到京城。你又不是州县的官员，为什么要如此地打探消息？"刺史的儿子说父亲在冀州做官，自己想和女子结亲。女子的家人刚开始很惊讶，后来慢慢地答应了。过了几天后，二人私订终身，刺史的儿子去京城只走到半路就回来了。

刺史夫妇因为太挂念儿子，也没有问太多，而且新妇的应答也很有礼节，刺史夫妇根本没有怀疑。新妇家陪嫁的人马很多，刺史全家没有一个不高兴的。就这样过了三十多天，一天晚上，新妇家的马相互踩踏，新妇连续将奴婢派出去查看情况，之后就将门关上了。第二天早上，家里的仆人来到刺史儿子的房前，既看不到奴婢，在马厩中又没看到马，心里很疑惑，就将情况告诉了刺史。刺史夫妇来到房前喊他们的儿子，但没有人回应。于是他们命人将门窗破坏掉，将门打开，这时有一头大白狼朝人冲过来跑掉了，仆人发现他们的儿子已经快被吃完了。

王含

妇人现出了白狼原形

太原的王含，做了振武军的都尉。他的母亲金氏，本是胡人的女儿，擅长骑马射猎，平日里就因为彪悍而闻名。金氏骑着一匹骏马，臂膀上挂着弓，腰间挂着箭，经常到深山里面去捕捉熊鹿狐兔，收获很多，因此北方的人都很害怕并且敬重她。后来金氏七十多岁了，因为年老多病，所以自己住在一间屋子里，遣散侍儿婢女，不许人随便到跟前来。到了夜里，金氏要把门锁起才肯休息。金氏经常会发怒，随意打自己的家人。后来有一晚，在金氏关上门窗之后，家人忽然听到屋内有声音，于是凑近查看情况，结果看到一头狼从屋内撞开门出去了。天还没亮的时候，这头狼又从外回来了，到房间之后又将门关上。家人非常害怕，将情况详细地禀告了王含。当天晚上，王含从缝隙中偷看，发现狼就像自己的家人一样说话。王含担忧害怕，心里不安。到了早上，金氏喊王含过去，让他去买麋鹿。王含将麋鹿做熟以后献给母亲，金氏说："我想要的是活的。"于是王含又将活着的麋鹿送到母亲面前，金氏很快就把它吃完了，王含更加感到害怕。家人有的在窃窃私语地谈论这件事，金氏听说以后，露出惭愧的表情。这天晚上金氏又将门关上，家人又偷偷前去窥探，过了一会儿他们看到一头狼从屋内破门而出，从此以后这头狼就再也没有回来。

正平县村人

儿子大义灭亲

唐代永泰末年，绛州正平县的一个村庄里，有一位老人生了几个月的病，后来就不吃饭了。十几天过后，每到夜里就不知到哪里去了，人们也不知道这是为什么。有一天晚上，村里有人到田间采桑，被一头公狼追赶，村人惊恐之下爬到了树上，树不是很高，狼一下子就咬住村人的衣服。村人很着急，用采桑的斧头砍了下去，正好砍在狼的额头上。狼顿时就倒在了地上，过了很久才离开。村人到了天亮才敢从树上下来，寻着狼的足迹，来到了老人家里。到了厅堂中间，他将老人的儿子喊来，将事情的来龙去脉说了一遍。老人的儿子看到父亲的额头上有被斧头砍过的痕迹，害怕父亲再伤害到其他人，就将老人杀了，老人随即现了原形变成了一头狼。老人的儿子到县衙诉说缘由，县令也没有怪罪他。

狼狈

"狼狈"一词的来历

  狼像狗一样大，身体是青苍色的。狼在叫的时候七窍鼓动，就像水沸腾了一样。狼脾肉中的筋像鸭蛋一样大，如果有人想冒犯它，想用烟熏的方式来捕捉它们的话，这些人的手就会痉挛萎缩。有人说狼的经络交织在一起，就像布囊一样，这是虫子在里面织的巢穴。狼粪燃烧后烟是直直向上的，烽火用的就是狼烟。有人说狼和狈是两种动物，狈前面的两只脚非常短，每当行走的时候，需要驾着两头狼才行，如果没有狼，狈就没法行动。所以世人说事情不顺时就会用"狼狈"一词。

狼冢

老狼智慧多

  临济郡的西边有一座狼冢。前不久有人独自行走在郊野，遇到几十头狼，这个人在窘迫着急之下，爬上了一个草堆。有两头狼转身到了洞穴中，背着一头老狼来到草堆前。老狼到了以后，用嘴从草堆中拔了几根草出来，群狼也竞相把草堆中的草往外拔，眼看草堆就要倒了，恰好遇到了猎人，才将这个人救下来。后来这个人又率领众人挖掘了洞穴，抓到了一百多头狼，将它们杀掉。人们怀疑这头老狼就是狈。

郑宏之

千年老狐的出逃

　　唐代的定州刺史郑宏之刚开始做县尉的时候，县衙的官舍已经很久没有人居住了，房屋都坍塌毁坏了，草蔓缠绕，一片荒凉。郑宏之到了官舍之后，将杂草清除，修整了屋子打算住下来。小官吏坚持不让他住进去。郑宏之说："行为正直，怎么会怕妖鬼呢？我天性刚强，是不可改变的。"住了两天之后，郑宏之半夜里独自睡在前堂，堂下火光通明，有一百多个人骑着马来到庭院下，其中一个贵人生气地说："是什么人如此唐突，胆敢在此居住！"于是他命人去将郑宏之拉下来，郑宏之没有答话。来拉郑宏之的人走到堂前，不敢去靠近，郑宏之这才起来。贵人又命令一个很高的人来抓郑宏之，这个高个子的人走上台阶，沿着墙行走，将众多的灯烛都吹灭，只有郑宏之面前的一盏灯存留着。高个子走向前准备将这盏灯也吹灭，郑宏之拿出剑来击打他，血流了一地，高个子这才逃走。贵人渐渐来逼迫，郑宏之整理好衣冠，请他同坐并彻夜长谈，情意甚是相投。郑宏之知道贵人此时已没有防备，拔出剑来击打他，贵人受了伤，左右的人将其扶出，并急忙说道："大王您现在受了伤，该怎么办？"于是这些人都退了下去。

　　此后郑宏之命令一百多名杂役沿着血迹，到了北边的墙下，发现有个一寸见方的小孔，血迹到了这里面。郑宏之命人挖掘这

个洞穴。将地面挖了一丈深，得到大小狐狸几十只，郑宏之全部将其抓起来。众人朝洞穴下又挖了一丈多深，发现一个大窟窿，有一只老狐狸，皮肤裸露没有毛发，坐在土床上，有十几只狐狸在服侍它，郑宏之全部将其拘禁起来。老狐狸说："不要害我，我可以保佑你。"郑宏之命人在堂前堆起木柴，在大火燃烧时将这些狐狸扔进去，全都烧掉。然后就轮到了老狐狸，老狐狸击打着双颊请求道："我已经一千岁了，能与上天相通。杀了我不吉祥，放过我又有什么害处呢？"郑宏之于是没有杀它，将它锁到庭院的槐树上。

夜幕降临时，自称是山林川泽中祭祀之神的众多鬼神，前来拜谒老狐狸，拜了两拜之后说道："真的不知道大王您遭受了这么大的祸难，虽然我们想让您逃脱，但是苦于无计可施。"老狐狸领了心意。第二天夜晚又有众多土地社的鬼神前来拜谒，说的话也和山川之神一样。后半夜，有个自称是黄撷的神，带了很多随从，到老狐狸旁边说："大哥啊，你怎么突然变成了这样？"于是他用手摸了摸锁链，锁就断了。狐狸也变成了人，和他一起走了。郑宏之跑着去追赶，已经追不上了。

郑宏之认为"黄撷"这两个字是给狗取的名字，心里想：众人之中又有谁的狗名字叫"黄撷"呢？到天亮的时候郑宏之把小官吏都喊过来询问，有位小官吏说："县衙的仓库里有条狗老了，不知到哪里去了。因为它没有了尾巴，所以人们给它起了个'黄撷'的名号。莫非是这条狗作的妖？"郑宏之命人将这条狗找过来，来了之后把它锁起来，说要杀掉煮了吃，这时狗说起了人话："我确实就是黄撷之神，你不要害我，我可以经常跟着你，你有什么好事坏事，我都能够向你预告，这样岂不好？"郑宏之屏去众人与其交谈，于是释放了黄㹝。狗变成了人形，与郑宏之说话，深夜才离开。

郑宏之掌管缉拿寇盗之事，忽然有几十个盗贼进入县界，住在旅馆里。黄㹝过来告诉郑宏之，说："某个地方有劫匪，将要进行盗窃，把他们抓住以后可以升官。"郑宏之偷袭之后果然抓获了盗贼，于是官位得到了提升。后来郑宏之每次升官，黄㹝都秘密地向他预告。如果遇到灾祸，也经常告诉他要回避，所言没有不中的，郑宏之大大地获得了黄㹝之神的回报。后来，郑宏之从宁州刺史改官到定州时，黄㹝之神与他诀别而去，而郑宏之的官禄也就到此为止了。郑宏之到了定州两年以后，得了风疾被免职了。

李元恭

狐少难过美人关

　　唐代吏部侍郎李元恭，他的外孙女崔氏长得非常漂亮，大概十五六岁，突然有一天就被妖狐缠身。过了很久，这只狐狸就变成少年的模样，自称胡郎，崔家多次访求道术之士也不能将其赶走。李元恭的儿子博学多才，有智慧，经常问胡郎有没有学习。狐狸就与其交谈，无所不知。李氏有疑问也经常咨询胡郎，他们二人都很喜欢音乐。过了很久，胡郎对崔氏说："人生不可以不学习啊。"于是他请了一位老人教授崔氏经史，前后历时三年，通过不断地学习，崔氏对于经史诸家的大义都非常了解。之后胡郎又请了一人教崔氏书法，过了一年，崔氏又以擅长书法而出名。胡郎又说："妇人怎能不通晓音律呢？箜篌琵琶，这些都是凡俗的音乐，不如学琴。"于是胡郎又请了一个善于弹琴的人，此人说自己姓胡，是隋朝时阳翟县的博士，他将所有的乐曲都教给了崔氏，备尽音乐之妙，至于其他有名的乐曲，多得已经数不过来了。胡郎说自己也擅长演奏《广陵散》，之前屡次见到嵇康，嵇康都不让他传给其他人。至于《乌夜啼》这一曲，胡郎尤其善于传承其中的妙处。

　　李氏后来就问胡郎："你为何不将崔氏娶回去呢？"胡郎非常开心，于是拜谢道："我也久有此意，之所以不敢提出来，是因为我的身份低微。"这一天，胡郎挨个揖拜了崔氏全家，全家

人欢呼雀跃。李氏问胡郎："想娶崔氏也可以，但你的府邸在哪呢？"狐狸说："我的门前有两竿大竹子。"当时李氏的家里面有片大竹园，李氏于是寻找其住所，看到两竿大竹子中间有一个小孔，竟然是狐狸的洞穴。李氏将水灌入其中，刚开始只得到了猥貉这些小动物，以及几十只其他的狐狸。最后有一只老狐狸穿着绿色的衣衫从小孔中走出来，这就是胡郎平常所穿的衣衫。崔氏家人高兴地说："胡郎出来了！"于是他们将其杀掉，家里的怪事就没有了。

唐参军

狐狸变成佛祖戏弄人

　　唐代洛阳有个地方叫思恭里，有一个叫唐参军的人，性情雅正，待人接物比较简洁。此时，赵门福和康三投递名片，前来拜谒。唐参军没有见他们，只是询问了二人的来意，赵门福说："我们只想求一点儿吃的东西。"唐参军让看门的奴仆推辞说主人不在家。二人直接来到厅堂上，赵门福说："唐参军，你为什么说自己不在家呢，你是吝惜吃的吧！"唐氏推脱说看门的人没有告诉他，于是将二人引到外厅，让仆人提供饮食，并私下安排仆人在餐盘中放一把剑，打算等这两个人来的时候就刺杀他们。奴仆端着餐盘来到前厅，唐氏拿起剑刺杀赵门福，结果没击中，之后又刺杀康三，这次击中了。康三中剑之后，还能跳到庭院前的池子中。赵门福骂道："他和我虽然都是狐狸，但我已经有一千年了。千年的狐狸姓赵姓张，五百年的狐狸姓白姓康。为何你不讲道理，杀了我的康三？我必定会报复你，怎么也不能让康三白死了。"唐氏深表歉意，命仆人将康三喊回来。赵门福来到池塘边呼喊康三，康三只答应了一声"唉"，但众人已经找不到康三的形体，只剩下一个鼻子了。赵门福走后，唐氏将桃汤洒在门前，门上也挂了符咒。从此以后赵门福就没有再来过，唐氏觉得自己的做法很灵验。

　　过了很久，唐氏果园里的樱桃熟了，唐氏夫妇闲暇之时在园中散步。唐氏忽然看见赵门福在樱桃树上摘樱桃吃，他惊讶地问："赵门福，你怎么还敢来？"赵门福笑着说："你之前用桃汤来欺负我，现在我来摘一些樱桃尝尝，你要不要吃点呀？"于是多次将樱桃扔给唐氏。唐氏更加惊恐，于是广泛召集僧人，筑起灵坛，口念咒语，赵门福过了好几天都没有再来。僧人们更加卖力地念诵咒语，希望能有效果，并将此作为自己的功劳。

后来有一天傍晚，雨过天晴，众多僧人坐在屋檐下，忽然看见从西边飘来五色祥云，直接来到唐氏的屋前。云彩中有一尊佛祖，面容庄严，他对众僧人说："你们是为唐氏驱赶野狐吗？"众僧人对着佛祖叩头，唐氏家里的老老少少非常虔诚地礼拜佛祖，很高兴见到了真佛降临。佛祖很久才从天上下来，坐在灵坛上，众人非常勤勉地侍奉着。佛祖对众僧人说道："你们用这样的方式修道，自以为很通达，其实又何必长久地吃素呢？至于修行佛法能不能吃肉，只要问自己的内心能不能坚持皈依佛祖就行，即便是吃了肉，也不会有什么连累。"于是佛祖让唐氏去买肉，亲自安排饮食。上到唐氏的家人，下到众多僧人，每人都吃了肉。吃完后，众人忽然看到灵坛上竟然是赵门福，全家人既惊叹又愤怒，因为被赵门福戏耍了。赵门福笑着说："你们可不要厌烦我啊，我不会再过来了。"从此以后赵门福果然不再来了。

王生

狐狸骗人也够狠

　　杭州有个叫王生的人，建中初年离开家到京城。他清理了之前的产业，准备投靠自己的亲戚朋友，想去谋个一官半职。王生来到一处果园的时候，继续往前走，想去寻访外祖父之前的庄园。傍晚时分，王生在柏树林中看到两只狐狸倚靠着树干像人一样站着，手里拿着一张黄纸写的文书，面对面地说说笑笑，旁若无人。王生上前呵斥它们，但这两只狐狸也不为所动。王生拿出弹丸，放在弹弓上拉满，几乎正中手拿文书的那只狐狸的眼睛，于是两只狐狸将文书丢下后就逃跑了。王生赶快走上前去，得到文书后发现是一张纸，文字像是梵文，但自己终究还是不认识，于是将文书放到书袋中就走了。

　　晚上，王生住进客店里，将此事告诉了店主人，店主人感到很惊讶。忽然有一个人带着行李来投宿，眼睛很疼痛，疼得快受不了了，但说话很清楚。此人听到王生说的话之后，说道："真是件大奇事，不过如何才能看到文书呢？"王生刚准备把文书拿出来，店主人看到患有眼疾的这个人有一条尾巴垂在床下，于是对王生说："这是狐狸。"王生赶快将文书收入怀中，用手摸了一把刀去追这个人，此人变成狐狸逃走了。夜晚一更之后，又有人前来敲门，王生心里一颤，说道："你又来了，这一次我用刀和箭来对付你。"此人隔着门说道："你要是不把文书还给我，

以后可不要后悔。"从此以后就再也没有了消息。

王生将文书保存起来，放在箱中锁得牢牢的。到了京城之后，因为谋求官职也需要等候时机，为期尚远，于是他用之前的产业田园典卖的钱，在京城的坊市选了一个住处，以此作为生计。过了一个多月，一位童仆从杭州来到这里，刚进门手里就拿着一封报丧的信，王生上前迎接并询问消息，才知道家中亲人已经去世有段时间了。王生听到消息后痛哭不已，他看了看这封书信，字迹是他母亲的手笔，写道："我的家乡原本在秦地，所以我不想葬在外地，如今江东的田产不能有丝毫损毁，但京城的产业任凭你处置，你用卖掉的钱来备办我的丧事。这些都办完之后，再来接迎我。"王生于是将京城的田产都卖掉了，也顾不得问价钱的贵贱，又用售卖的钱来购买丧事所需的物品，该有的东西一样都不少。然后王生坐着竹轿向东走，去迎接灵柩。到了扬州之后，王生远远地看见一条船，上面有几个人都在唱歌欢笑，再走近一看，都是王生家里的仆人。王生还以为这些仆人已经被自己家卖了，现在属于别人家的了。过了一会儿，王生又看到他的小弟小妹揭开船帘走了出来，他们都穿着彩色的衣服在那里欢声笑语。王生正在惊怪之际，他的家人在船上吃惊地呼喊道："公子，你回来了！为什么你穿得这么怪异呢？"王生偷偷地派仆人去询问消息，于是又看到他的母亲惊讶地走了出来。王生赶快脱掉丧服，走向前跪拜母亲，母亲惊讶地说："哪有这种事？"王生于是将母亲送给他的遗书拿出来，结果是一张白纸。王生的母亲又说："我之所以前来，是因为上个月收到你的信，信中说你得到了一个官职，让我把江东的田产都卖掉，做好进京的打算，现在我们无家可归了。"等王生的母亲拿出书信时，又是一张白纸。

王生于是派人回京城将丧具都毁掉，然后将剩余的钱集中在一起，服侍着母亲，顺淮河而下，暂且回到江东，而剩下的家产已不到十分之一二，只有几间屋子来躲避风雨而已。王生有个弟弟，已经和王生分别数年了。一天，他忽然来到王生跟前询问家道败落的原因，王生将前后经历详述一遍，又提及遇到妖狐一事，说道："应该就是这个造成的灾祸。"他的弟弟非常惊讶。王生于是将狐狸的文书拿给他弟弟看，他弟弟刚拿到文书就向后退，马上将其收入怀中，说道："今天，你把天书还给了我呀。"说完他就变成一只狐狸逃走了。

裴少尹

冒充道士的三只狐狸

　　唐代贞元年间，江陵有一位姓裴的少尹，不知道他叫什么名字。他有一个十几岁的儿子，聪明伶俐，富有文学才华，风采俊秀，裴君非常喜爱他。后来这个孩子得了病，没过几天病情就加重了，唤医用药也都无济于事。裴君此时寻求道士，想用呵禁鬼怪的方式来治疗，希望以此免去他的痛苦。

　　这天有人来敲门，自称是高氏的后代，以符咒道术为生计。裴君立即将他请进门，让他为儿子看病。此人说："这孩子不是得了什么其他的病，而是被妖狐缠身，我有办法治好这个病。"裴君随即表示感谢并请求他来医治，此人于是用他的符咒来招魂。大约一顿饭的工夫，裴君的儿子突然起来了，说："我的病现在好了。"裴君大喜，以为姓高的是真正的法术之士。为他准备了美味佳肴，之后又赠送了很多布帛丝绸，在表达了感谢之后才将高氏送走。高氏说："从此以后，我会每天来此听候差遣。"说完他就走了。

　　裴君的儿子其他疾病虽然好了，但精神恍惚不定，往往口出狂语，或者不受控制地哭和笑。高氏每次来的时候，裴君就以此相告，并请求医治。高氏说："这孩子的精神魂魄已经被妖魅缠上了，现在还没有回来。不过十天个把月的事，你们就不要担忧了。"裴君相信了这话。

过了几天，又有一个姓王的道士，也自称有神秘的法术，能够用呵斥禁止的方法除去妖魅缠身的疾病，因此前来拜谒。裴君与他交谈时，王氏对裴君说："听说您的爱子生病了，现在病还没有好，希望能让我去看一看。"裴君随即便让此人去看望他的儿子。王氏大惊道："这位郎君是由于狐魅而生病的呀，如果不尽快治疗，病情就会加重。"裴君便提及高氏的事，王氏笑着说："怎知高氏本人不是狐狸呢？"于是王氏坐下来，正准备铺设席位开始呵斥禁止之术的时候，高氏忽然来了，刚进门就大骂道："果然是只妖狐，今天你是真的来了，我哪里还用得着其他的法术来召唤你呢？"二人乱作一团，相互诟骂不止。

　　裴氏全家正感到十分奇怪的时候，忽然又有一位道士来到门前，主动对家童说："听说裴公有个儿子为妖狐所病，我擅长察觉鬼魅，你尽快前去禀告，我请求进去拜谒主人。"家童奔跑着向裴君报告此事，并回来传达屋内的情形，道士说："这个容易。"于是这个道士进门看了看二人，二人又骂道："这个人也是妖狐，怎么可以变成道士迷惑他人呢？"道士也骂道："狐狸就应该在荒郊野外的废墟和墓地中生活，为什么要来扰乱人间的事呢？"然后就把门关上，互相打斗了起来，打斗持续了好几顿饭的工夫。裴君更加害怕，家里的童仆也十分惊恐和迷惑，不知道该怎么办。到了晚上，屋内安静到听不见任何声音，众人把门打开一看，三只狐狸都趴在地上喘着气，不能动弹了。裴君把三只狐狸都用鞭子打死了，他儿子的病过了一个月左右也痊愈了。

张简栖

狐狸也有自己看的书

南阳的张简栖，在唐代贞元末年，每天在徐、泗之间以放鹰为事。这一天刚晴，苍鹰在搏击时没有击中猎物，就冲到云霄里去了。张简栖循着鹰的踪迹和他的同伙分头寻找。忽然张简栖看到有火烛的光亮，靠近前一看，是一座坟墓中发出的光亮。张简栖前去探视，发现狐狸靠在座椅上，在找书册阅读，旁边有众多的老鼠为狐狸添加茶水，送上果栗，而且老鼠像人一样拱手站立。张简栖怒喝一声，狐狸惊散想要逃走，并将书册收拾好，跑到更深黑的洞中躲藏。张简栖用放鹰的杆子挑出一本册子才回去。

到了四更天，张简栖听到住宅外有人索要册子的声音，张简栖出门想看是什么，结果又没看到什么。到天亮的时候，又什么都没有了。从此之后，狐狸每夜都来索要册子，张简栖深感怪异，于是准备将册子带到城中展示给众人看。在离城大概三四里的地方，张简栖忽然碰到一位知己，两人相互揖拜之后，朋友问他到哪里去，张简栖于是将册子拿出来，告诉他狐狸的情况。他朋友也在惊笑，在接过册子之后快马加鞭地走了，并回过头来对张简栖说："谢谢你把册子还给我。"张简栖追在后面赶得急了，前面的人变成了狐狸，所骑的马变成了獐，于是张简栖就追不上了。

张简栖调转车头到了城里，寻访住在这座宅院里的朋友，但他的朋友本来就在家里，没有外出，张简栖这才知道是狐狸来夺走了册子。这本书册的装帧和人类的一样，纸墨也都相同，但却写满了狐狸的书法文字，人们都看不懂。张简栖还抄了开头的三行，传示给众人看。

计真

人狐情未了

唐代元和年间，有一个叫计真的人，他在青州和齐州之间侨居，曾经西游长安，到达陕地的地界，他与当地的副官关系很好。当他要离开陕地的这一天，副官将他留下一起喝酒，直到晚上二人方才告别。还没有走到十里路，计真就醉得从马上掉了下来，而他的两个仆人带着衣服行囊已经先行离去了。等计真的酒劲儿过去，天色已然昏黑，所骑的马也先行离开了他。计真看到大路左边的一条小路有马尿，就顺着小路找了过去。不知不觉计真已经走了几里路，忽然看到一扇很高的大红门，门前有槐树、柳树，枝繁叶茂。计真已经走丢了仆人和马匹，内心怅然若失，于是就前去敲了敲门，门已经关上了。不久，有一位小童子出来查看情况，计真便上前询问道："这是谁的住处？"小童子回答道："这是李外郎的别墅。"计真请求进去拜谒，小童子立刻进去禀报，过了一会儿，主人便命令请客人进入，在厅堂歇息。童仆随即将计真引入，房间的左边设有宾客的位置，非常清静宽敞。其中所陈设的屏风等，都是古代的山水画以及各类图书经典，茵席坐榻之类也都是整洁而不华丽的。

计真坐了许久之后，小童子出来说："主人就要到了。"一会儿来了一位大约五十岁的男子，穿有红色绶带的衣服，佩戴着银色的印章，仪容和形貌非常伟岸，前来与计真相见，主客相互揖拜而坐。计真于是详细陈述了前因后果，说他被陕地的老朋友留下来喝酒，回去的途中因为沉醉，不知不觉天就黑了，自己的仆人和马匹都走丢了，希望能够在此借宿一晚，不知是否可行？李氏说："只怕这里卑陋狭隘，不能安顿像您这样尊贵的客人，我又怎会拒绝呢？"计真既感到惭愧又连忙表示感谢。李氏又说："我曾经在蜀地做官，不久就因为生病被免去了官职，如今便退休于此地了。"于是他和计真谈论了起来。李氏的语言敏捷而且知识渊博，计真很是羡慕。李氏又命令家童去寻找计真的仆人和马匹，不过片刻工夫就都找到了，于是就让他们在此住下。然后李氏安排一同吃晚餐，饭后计真又喝了几杯酒就睡下了。

第二天，计真起身告别，李氏说："希望还能再款待您一天。"计真被其诚意感动，于是就留了下来，隔天才道别。计真到了京城后，住了一个多月，一天有人前来敲门，自称是进士独孤沼，计真请他入内并与其交谈，独孤沼语言甚是聪明辩捷，而且对计真说："我的家就住在陕地，前几天从西而来，路过李外郎处，他向我谈论起你，对你赞不绝口，而且希望和你结为姻亲，所以令我前来拜访，并向你提及这个意愿。不知你意下如何？"计真很高兴并且答应了。独孤沼说："我现在要回陕地了，而你也要回到东边的故乡，在你动身之前，希望你再去拜访一下李外郎，并表达对他的谢意。"于是二人告别。

后来过了一个月左右，计真回程拜访李外郎的别墅，李氏见到计真前来，非常高兴。计真随即就谈起独孤沼向他提及的话语，并表达感谢。李氏留计真住下，选择良辰吉日办了婚礼。计真的妻子非常漂亮，而且聪明温婉。李氏住了一个月左右，就带着妻子家眷回到青、齐之地了。自此以后，经常能收到外家李氏的音信。

计真平生信奉道教，每天早晨起来都要读《黄庭内景经》。他的妻子李氏经常阻止他，说："你信奉道教，难道有秦始皇、汉武帝那样的程度吗？祈求成仙的力度，又怎能比得上秦始皇、汉武帝呢？这两个人贵为天子，富有四海，竭尽天下的财产去学习神仙之术，尚且在沙丘驾崩，在茂陵安葬，更何况你是一介布衣，怎么会迷惑在求仙这件事上呢？"计真呵斥了她，把书读到了最后一卷，感觉到他的妻子是个懂得道法的人，但也没有怀疑她是异类。之后又过了一年，计真带着家眷来京城参加调选，到陕地的郊野时，李外郎留下了他的女儿，让计真一人来到京师。第二年秋天，计真被授予兖州参军，其妻李氏跟着一同赴任。几年之后，计真官职任满，又回到齐、青之间。之后，又过了十几年，李氏一共生下七个儿子和两个女儿，这些儿女的容貌才智都在众人之上，但李氏的面容依然端庄美丽，和年轻的时候没有什么区别，计真更加地钟情和依恋李氏。

　　后来不知什么原因李氏得了病，病情日益深重，计真到处请医生和巫师，无所不至，但李氏的病始终没有好起来。有一天，李氏突然握住计真的手，呜咽流涕地说道："我知道自己死亡将至，但也要忍受羞耻把心里的话告诉你，希望能得到你的宽恕，好让我把话说完。"说完此句，李氏唏嘘感叹，不能自已。计真一边流下了眼泪，一边安慰她。李氏说："我说这话知道会受到你的责备，但九个孩子尚在家中，这些让你操劳了，因为感激，我还是开口把这事讲出来。我并不是人间的人，因为命中要与你成为配偶，这才能够以狐狸这种低贱的资质侍奉你二十年，其间我没有犯下一点的过错，现在又要以非人类的身份使你担忧。我尽到了一位弱女子的至诚之念，今天我离开后，不敢以剩余的妖

幻气息来托付于你，只是想到了眼前幼小的孩子们，他们都是人世间的后代，当我气息尽了的时候，希望你看在幼小的儿女的分上，不要记恨我这一堆枯骨，把我整个身体掩埋到土中，这就相当于赐给我一百次生命了。"说完这些，李氏又悲恸很久，眼泪止不住地往下流。计真既吃惊又伤感，呜呜咽咽，不能言语。两人相对哭泣了很久，李氏用被子蒙住头，面朝着墙壁躺下，一顿饭的工夫之后就没有了声音。计真把被子揭开，看见一只狐狸死在被子中。计真感恸且为之哀悼，用人间的礼节为李氏殓葬。

之后，计真径直来到陕地，想要寻访外家李氏的住处，但只看到坟墓旁长着荆棘灌木，四周寂静，不见人踪，计真只能惆怅地回到家中。过了一年多，他的七个儿子和两个女儿，相继去世。李氏查看了他们的骸骨，都是人的形状，内心也始终没有厌恶之情。

姚坤

狐狸来报恩

唐代太和年间，有一位没有做官的读书人叫姚坤，他淡泊名利，不求显达，经常以钓鱼为乐。他住在洛阳东边万安山的南麓，以琴酒自娱自乐。他的邻居中有一个是猎人，经常以捕捉狐狸为生计。姚坤性情仁厚，常常将狐狸买下，然后放生，通过这种方式姚坤救下了几百只狐狸。

姚坤之前有一座庄园，抵押给了嵩山上的寺庙，姚坤就是靠这个钱将狐狸买下来的。管理这个庄园的僧人叫惠沼，他的行为很凶恶，经常在偏僻的地方挖一口几丈深的井，在井里面投放几百斤的黄精，让人待在井里吃这些黄精，看有没有什么变化。有一天，僧人将姚坤灌醉后扔到井里，用石碾把井口封住。姚坤醒了以后没有办法从井里跳出来，饿的时候只能吃黄精。像这样过了几天几夜后，忽然有人在井口喊姚坤的名字，对姚坤说："我是狐狸，感谢你救活了我很多的子孙，所以我现在来教你脱身。我是能够通天的狐狸，刚开始我在坟墓中挖了一个洞穴，朝洞穴上方的小孔往上看，我看到了天河上的星辰，我非常羡慕银河，但恨我自己不能飞上天。于是我凝聚精神，不知不觉就从洞穴中飞了出去，驾着空中的云朵就到了天河，见到了天上的仙官并向其礼拜。你只要能凝心静虑，将注意力集中到玄妙虚无的境界中，如此精微地去做这些事，不超过三十天你就能飞出去了，哪怕是

再小的孔洞也不会有妨碍。"姚坤问："你说这话有何根据？"狐狸说："你没有听说过《西升经》吗？里面说：'人的精神能够飞起来，也能将山移走。'你好好努力吧。"说完这些，狐狸就走了。

姚坤相信了这话，并按照要求去做。大概过了一个月，姚坤忽然就从石碾的小孔中跳出来了。姚坤于是就去见僧人，僧人非常吃惊，但井口还是之前那个样子。僧人向姚坤礼拜，并询问是怎么回事。姚坤告诉他："我只是在井中吃了一个月的黄精而已，身体轻盈得像神仙一样，自己就能飞出来了，小的孔洞不会妨碍到我。"僧人信以为真，于是找来他的弟子，让其弟子用绳索把他送下井，并和弟子约定一个月之后再来看他。弟子听从了他的话，过了一个多月来看他的时候，僧人已经死在了井中。

姚坤回家后，大概过了十天，有一个自称是夭桃的女子来拜访他，说自己原本是富人家的女儿，因为被少年诱骗而离家出走，现在回不去了，因此愿意前来侍奉姚坤。姚坤见她长得很漂亮，又精通文书笔墨，对这位女子也很上心。后来姚坤去参加考试，带着夭桃一起入京。到了盘豆馆的时候，夭桃不太开心，拿起笔在竹简上写了一首诗："我来到人世间涂脂抹粉已经很多年，抛弃这些妆容反而更让人觉得可怜。今夜纵然有月光照在青丘，但再也照不出我曾经的容颜。"夭桃将这首诗吟咏了很多遍，姚坤听后也为之动容。

忽然，曹牧派人牵了一条品种优良的狗走来，想将其献给裴度。到了盘豆馆时，狗看到夭桃之后眼光愤怒，挣脱了锁链，一步一步地走上台阶，夭桃也变成了狐狸，跳到狗的背上抓挠狗的眼睛。狗受到惊吓，一边跳着，一边嚎叫着跑出了馆外，朝荆山的方向逃窜了。姚坤大吃一惊，在后面追了几里路，但狗已经死了，狐狸也不知去了哪里。姚坤悲伤惆怅，一整天都不能走路。到了夜晚，有老人带着美酒来拜访姚坤，说是之前的旧相识。直到喝完酒，姚坤也不知道他们相识的缘由。老人喝完酒，朝着姚坤长长地揖拜后就离开了，说道："对你的报答已经足够了，我的儿孙也都无恙。"他说完就不见了。姚坤这才知道对方是狐狸，后来就再也没有消息了。